我 们

叶超
著

长江出版传媒　长江文艺出版社

叶 超

甘肃人，教育部青年长江学者，国家社科基金重大项目首席专家，华东师范大学教授、博导。著作有《时空之间》《体国经野：中国城乡关系发展的理论与历史》等。曾入选国家"三个一百"原创工程并获得上海市第十三届哲学社会科学优秀成果二等奖。

爱是不可避免的。

——我们(8)

目 录

第一辑 我

序曲 003
我 006
经历 009
变化 010
风格 011
真正的我 012
诗人 013
一个哲学家的告白 016
致爱人 022
召唤 023
获得 024
落 028
清晨 030
午后觉醒 031
我的故事 032
夜行者 033
弹一支单调的曲子 039

040　爱的意图
042　时间词话
044　诗与爱
045　爱与命运
046　我在一棵无花果树下等你
048　我在那条河边遇到了你
049　麋鹿
050　倘我的湖水照见你的容颜
051　梦
052　轻盈的梦
053　今夜，我要搏击梦魇

第二辑　你

057　打动你
058　你
060　今天
061　一直有你
062　一棵树
064　永远
065　在夜里
066　盲人的夜
068　献诗
073　若干年后
074　寻找
075　是你

唯一与所有 076

八年 077

我的太阳 079

送别 081

故乡 083

岁月——你的日子 084

创造 086

罪名——致《波西米亚狂想曲》 089

漫游 090

多少诗歌才能说尽我对你的思念 097

第三辑 它(他、她)

他 101

木头 103

花的模样 105

叶的爱情 109

岁月 110

祝福 112

中秋 114

明天 115

落叶集 116

曾经 117

等候 119

在海边 121

风 122

123 月光

124 红茶

126 平静的生活

127 倾注

128 一封信

129 一切

130 世界在我眼前展开

131 云海

133 相逢

134 艺术

136 诗歌

138 词语

139 说俗

141 预言

第四辑 我们

145 圣诞

146 雨夜

147 蚂蚁洞旁的文明

148 不断开始

149 断语

150 我有一段旅程还未开始

151 记录的自由

152 语言与象征

153 爱无法停止

今天，我们共同的生日　155
约会　159
在校园里　161
爱的结晶　163
心与物　164
夜宇宙　165
梳子　166
河流　167
宇宙　172
幸存者　174
真正地写　176
世界尽头　177
潮流　179
我们　180

第一辑

我

序　曲

诗是生活，

快乐的、激烈的生活。

是爱情，是无所不在的爱情；

是节奏，是唱响心灵的节奏；

是歌曲，是反复吟哦的歌曲；

是神和它的像，也是击倒神和神像的闪电；

是灵魂，是破灭但不屈的灵魂；

是颤动的灵感，以及灵感的颤动；

是创造，至高无上的莫名创造，

而不是创造物。

肉体亦不会腐朽，就如生命从来不会因为死者而终止。

天地间所有的动静在我的手指和头脑之间，

它们时而静如夜晚未开的昙花，

时而动如清晨喷薄欲出的太阳，

而诗歌是薄雾，

是雨水，是露珠，

是四季飘洒的雪花，

是自然的甘霖，

是冲垮善恶之堤的洪水。

奔放的思想如骏马脱缰，引领我们向自由的春天；

而生机盎然的种子悄无声息地掩于地下，独自享受冬雪甘醴；

在猎狗的奋力拖拽之下，雪橇在地上划出闪亮的冰线；

流星在天际遥相呼应，射出了它的银箭；

纷乱闪耀的群星啊，你们是我的心絮。

冷月的寒战，亦不能冻结我冰火如一的心。

我看到无数的如我者，

在远古，在太古，在亿万年前，在生命和星河起始的时候，

颤抖，

如我此刻一样地颤抖；

而他们的头脑冷静，如我一样地冷静；

他们的热情高昂，如我一样地高昂。

当我拥有我的时候，我拥有整个宇宙；

当我拥有整个宇宙的时候，我一无所有。

爱人，我一无所有！

我以无有的情怀爱你，正如我曾经爱你像拥有所有。

我想停在一个地方，

一个叫不上名字但绝不叫未名的地方，

等着四季风吹，

但绝不成为雕像。

朋友，我不是你的雕像，

我是你打碎所有雕像的同伴。

神，你浮现于我的眼前，

就如我把我赤裸的宣言贴在你看似神圣的殿堂之上，

我宣称，我的灵魂与精神就像肉体一样真实和自然，

在你面前，我既不为往昔羞愧，也不为将来忧烦。

（那曾经是你约束我的法宝）。

啊，孩子！

我看不到你的命运。

(即使我能看到和听到，我也不想)，
既不是上天，也不是父母，
你是你自己的衣裳。
(我说的话让你听不出名堂，甚至连我)。
你们，众人和万物，
时间与空间，
一切其他的剩余之物，
在你们弥留之际，
请听这首开始的曲子。

2008.10.15 写，2008.10.16 改

我

如何以无我的方式表现我?
无论是诗歌,还是生活,
还是二者的结合,或者在此之外,
我从所有事物中选择那最重要的,
自此以后只有忘我,
才能真正地有我。

这是最严峻,也是最动人的挑战:
过去总是比现在痛苦,
即使再美好,也不能返回。
所谓历史,所谓世代与家系,
传承的不仅是血脉和书籍,
还有坟墓与枷锁。
这是唯一的、真正的,然而也是残酷的问题:
生活也许是无聊的生死搏斗,
结束时也是如此,
而且没有结束。
真正的主宰是时间,
它像上帝一样玩弄和摆布世人。

寻找一个地方吧!
一个小小的地方,足以把人安放,或者埋葬。

在藤椅上，在饭桌前，在睡床上，
在许多流动的地方，
即使穿梭往返于万里之外，九天之上以及海底深处，
仍然得回到一个小小的、安身立命之地。
面对无限的丰富与广大，
以及这个词语背后的无限世界，
还甘于渺小吗？
或者，默默地闭上双眼。
真正的主宰是空间，
它像上帝一样玩弄和摆布世人。

还是直接投入上帝或神的怀抱？
抑或在另一个人、动物、植物或者什么事物上花光生命的积蓄？
就像借着光，
把影子投到地上。
爱是愉悦的，也是危险的，
就像种子，可能生长，也可能朽烂。
空虚的风嘲弄这一切，
它把这些名词以及它们所代表的，以及不能代表的事物统统吹散。
它疯狂地叫喊着：
除了我，没有什么能够主宰！
然而自身也很快地消散殆尽。

在被摧折的岁月中，
在迷失的重重空间里，
在空虚的爱上，

如果能返回，那么伤痕也会成为奖章。
到那时，就可以告诉它们：
我，
就是，
而且，
已经返回。

2017. 8. 26

经 历

我看到一株
破土的小苗
我便充满了
生长的力量

我拾起一束
遗落的麦穗
我便留住了
秋天的光芒

我饮过一捧
月下的清泉
我便充溢了
夜晚的灵光

我经过一片
无人的原野
我便带走了
宁静的荒凉

2006.10.20

变　化

等待也只不过是一个托词，
因为下一刻就是这一刻，
明天也只不过是今天的复制。

期待别人给你答案，
不如只问自己一个问题：
变化是什么？

有一种东西比我们都强大，
那是无数个别人和他物组成的世界，
它的实质就是变化！——这一点不会变。

我在世界中，
也在世界外。
这变化既与我相关，又与我无关。

世界不会因为我们而停步。
我也不会因为世界而转向。
这一刻与以往有所不同。

风　格

你形成了自己的风格，
不是再也看不到别人，
而是看到的别人都是自己的一面。

面对碎片化的世界，怎么办？
闭上眼睛，
让你尚未被撕裂的内心说话。

世界正在变得争执不休，扰攘不止，该信谁？
这一切的缘由正在于丧失了"信"，
如果不信这现实，那么关上门吧。

我还是不明白但想知道，该信谁？
你唯一要相信的是，
"信"是最值得怀疑的。

如果这风格让你孤独，值得吗？
绝大多数的风格都是孤独的，
孤独是在世的奖品，而不是去世的陪葬。

说说未来吧？
未来就是我的风格！

真正的我

我已唱惯了哀歌，
你知道，我有根深蒂固的宿命般的悲哀，
就如我的另一面，那不能遏止的爱的喜悦。
那现实总在麻醉我，
而梦却不会欺骗我。
清幽的月光指引我，
热烈的太阳往往背弃我。
缪斯女神，我只愿意皈依你，
你是唯一的
（无论你是一个，还是九个）。
什么是真正的你？
以极少表现出来的极多。
什么是真正的我？
这些毫无用处的诗歌。

2018. 8. 3

诗 人

众神之王从天上抛出
幸福与力量之果
只有最具灵性的诗句的作者
才能获得

透过茫茫的海上迷雾
追寻惊风泣鬼的仙歌
却只见丹心零丁，汗青不成册
所有的流传都要腐朽
正如腐朽养育的花朵
开开落落
生如朝露兮光华几何
只有晨风清不留物

嘴巴封不住舌头的味觉
冠冕很多，宝座只有一个
博大平静的天空
也难敌彩虹的诱惑
深沉澄净的大海
也曾受浪潮的挑拨
心儿若不曾激烈地跳过
一生安享清福也是白活

运思于云端之上
行步于密林深处
求索万里千载岁月蹉跎
在空旷的山谷随声放歌
激荡的回声震塌巨石的雕刻
寂寞的星辰早失去了光泽
在白昼和黑夜的缝隙
太阳小心翼翼地寻找
出没的角落

忘情徜徉在希望之河
无意中登上绝望之崖
心灵的震颤惊起了雷电
浇下滔天巨波
大地沉睡
她的产物横行肆虐
白昼永恒
他的渊薮深不可测

春风唤醒了田野
追逐青草漫长的世界
在河流的源头
随手扔掉的种子
绽开奇异的花朵
光滑的鹅卵石
抚平涌动的绿波

清澈的精灵
从手指间无声穿过

"自在之寂静"
那颗果实应声而落

2007.5.27

一个哲学家的告白

现在之于我,
是一个永恒的概念。
因为我从没有像现在这样爱你,
但这种感情发源于我所不知的过去,
最终止于一个众人皆知的结束,
——有一种称谓叫未来。
在我随时逝去的未来图景里,
一直延续着你的形象和精神。
就像看到星辰,
仍然盼望星辰。
盼望的心绪编织,
浩渺的天空。
它规定其他事物的边际,
自身却毫无边际。

你多傻啊,
但是我多爱你!
我所有的喜悦愿与你分享,
亦包括所有的悲伤,
我对后者有犹豫,但不自觉;
并不因为你是某种形式约定下我的对象。
——责任不是爱,

形式只是形式。
我看到,
众人像蜗牛一样,
在形式的壳里安生,
但这是多么可笑的自欺伎俩。
智慧和幸福这两样,
哪一样都与欺骗无关!

"如果有好女人,你会幸福;
如果不是,你会成为哲学家";
——也会很幸福,
不过是在你之后。
因你获得后人的纪念和追捧,
甚至供奉。
但这是多么不幸的事啊。
后世对你的反讽,
超过前世你嘲讽的程度。
你为何不过你嘲讽的生活?

幸与不幸,
是他人的标准,
不是哲学家的词汇。
正因为这样,
他人总处在不幸之中。
他们的幸福那么短暂和易逝,
而命运是那么乖戾多舛,

以至于对不幸的恐惧和忧虑,
成为人的本能。
所以你宁肯漂泊四方,
也不苟安幸福的低檐。
——幸福是灵魂啊!
哲学家是多么辉煌和伟大的称呼,
是主。
荣耀归主。

哲学是一种精神。
热爱智慧胜过一切,
但设若人类的智慧里缺失爱,
那是怎样的智慧?
——热爱本身最重要。
然而它最难捉摸。
情感与理性,
哪一个将它把握?
真理向来简单。
人的双足和双手,
怎能分出孰优孰劣?
一切中最智慧的命名者啊,
你可曾预知,
那名称的意义,
使一棵树迷失在树林,
树林遮蔽了土地,
土地埋藏了岩浆。

"理论是灰色的，生命之树常青"，
可悲的是，
这也是理论的总结。
难道只有不着一言，或
不用多说地生活，
——生活
才算对得起生活？
荒谬诞生和流传，
犹如墙壁被反复地刷过，
直到看不出底色。
追求愉悦的感觉，
连伟大的人也不能摆脱。
只是那些划分者，
他们衡量的标准，
已成为我们的桎梏。
历史不曾颠覆传说，
哪一种理论又曾与生活分割？

天地本混沌。
是人的脑子发明了生活的概念。
却又是什么将认识与生活割裂，
分出来物质与精神的生活？
——且让分者分，合者合。
事物终归是：
在何处分裂，

在何处弥合。
清醒的头脑知道,
胃与心都靠着血液联络。
而顽强跃动的种子,
由灰褐色的土壤,
培育出常青的叶。
变化无穷的时空啊,
你蕴含多少已知,
又预示多少未知?

"虚空的虚空,一切都是虚空",
我曾深尝个中滋味,
如今识别这言辞及所指亦是虚空,
——而厌弃。
虽然无知之迫近,
使头脑如乱麻千头万绪,
但心灵之强大
竟纤细如针眼,
将它轻轻穿过,
并引领出线索。
我终将不能全知,
但已立于全知的大地之上。

与所有不爱的决裂,
你会爱上你真正爱的。
一切中易逝的是烟雾,

而天空在你未生时已存在，
——并将永存。
我爱你啊！
……
现在之于我，
是一个永恒的概念。

2007.12.6

致爱人

我的爱情,
只是冒险。
不管岁月怎样,
苍老你的容颜,
我只是一味索取,
心中渴望的新鲜,
就是当初认定那般,
却更清楚地展现在我的眼前。
但是,我常常在分别后,
记不起你的容颜。
内心的激越促使,
这渴望化为思念,
使思念成为习惯,
在习惯的储罐里,
慢慢积淀,
直到生命被收购的那一天。

2007. 6. 19

召 唤

你在海的延长的岸边召唤她，
她是无边无际的浪花；
你在树的浓郁的阴影里召唤她，
她是或隐或现的光点。

一个梦召唤着我，
我的生活却经不起她的打扰，
她渐渐地，
就像一个寻常的梦一样，
散得了无痕迹。

在夜幕降临的时候，
一个母亲在召唤她的孩子，
回家。

2010.9.16

获　得

(一)

倘若生活真的存在意义，
那或许在于不存遗憾。
如此，一切在于获得？
或者获得可能的一切！
但是，在得到的东西那里，
甚至一切的得到者那里，
经常失去的，
是真切的渴望。

我们从未深尝失落之痛，
正如从未深尝追求之乐。
在认清痛苦和快乐的真实面貌之前，
它们早已偏移了我们的最初视线。
就像尚未认清山脉和土地，
它们已阻隔了河流的来源。

在万物失去的名称那里，
重新找回，
命名之初的，

天真与喜悦。
却听见,
婴儿以啼哭宣告无奈的诞落。

(二)

马儿萧萧驰过,
原野一如既往地静默。
火热的感觉慢慢冷却,
内心的激越升腾降落,
受不可支配之力驱使,
不停地追寻一个结果。
在获得的主宰和艳羡背后,
失去之阴影悄然立起,
它附着灵魂之上,
正如得到占据人的肉体。
分裂裂割着我们的情结,
这种宿命如何摆脱?

把果实掷还给种者,
把智慧掷还给智者;
把武器抛还给武士,
把权力抛弃给权威;
雕自己的像代替偶像。
然后将它们都弃置一旁。
生活何曾是颠覆和反抗?

只是复原啊!
复原。
我的复原!

(三)

季节轮回所昭示的,
不是野草闲花的自在;
而是时间,
无尽的残忍。
它溶解一切,
于稀薄的空气中。
但巨大无朋的天地容器,
只是一个渺小的时空象征。
即使最卑微的心灵,
也能把它装盛。

弃绝了哀伤,
欢笑也如落花凋零。
而莫可名状的情怀陡然勃发,
凌驾于躯壳之上,
超脱视界和感觉,
在空中漠视众人仰望的炽烈。
纵使愚蠢的火焰灼伤热情,
命运系于风暴的仁慈,
灯塔熄灭,

坠入九底深渊,
人亦须独立而行,
或坦然衰亡与腐朽。
那古往今来的长风,
自悠长辽远的低吟:
破碎啊,破碎……
流浪者遍寻不到家园。
浪潮在彼岸拍出回声。

2007.9.8

落

万物有起落。

吾于起中知本性,落中识真实。

本性难知,真实可察。

落尽铅华而真实至。

落花,则果实;落叶,则木实;

落雨,则云实;落雪,则天实。

然铅华亦是真实。

故落不在物,在心。

"心事浩茫连广宇。"

天何以实?天何以空?

实于何时?空于何时?

天时有常。

天时有常!

落却为何?

凡落,皆有化意,不可不察。

化花为蒂,果熟蒂落;化叶为泥,树木复青;

化云为雨,江河浩荡;化雪为花,冬亦是夏。

物皆有落,而人独无。

人只是失啊!

人,

失——落。

久矣。

天上地下,古往今来,落化者几何?

又几人能担当?

云:"前不见古人,后不见来者。念天地之悠悠,独怆然而涕下。"

此亦痴心而偏妄者也。

前后不见,吾人独坐,

虽惆怅之怀足括宇内,但无人能夺是心,不亦乐乎?

且歌:

忧夫忧兮忧齐齐,

乐夫乐兮乐踟蹰。

而去。

2008.1.29

清　晨

有无数个清晨像清风一样掠过，
我却只能坐在这个清晨里。
今天是把椅子，
我不可能久坐。

有无数道阳光洒播出去，
我的窗子只斜射和折射进来几缕。
它们也将很快逝去，
就如今天像清风一样的清晨。

午后觉醒

就像在短暂的午后觉醒,
也好似过了一个世纪。
如陀螺一样运行的世界,
诸多事物的交互叠加,
他们试图极速地更新,再更新,
却改变不了同时急速衰朽的命运。
我像打量一个陌生人一样打量自己,
打量那些我不知不觉打发掉的时光。
我被它驯化和打磨,
不知不觉。
不是那不断增多的两鬓的白发和眼角的皱纹,
而是那面单薄而恒定的镜子,
昭示着岁月本质,
就像镜像一样,
单薄而恒定。
我在每一个人身上都看到自身,
他们的皮肤、性别、性格、身材、身份以及所有其他的一切,
他们所有的我无不具有。
但我最希望成为像荷马那样的盲人,
在自己的诗歌里不息地传颂英雄,
英雄,也就成为永远的诗歌。

2017.5.25

我的故事

我讲的不是历史,而是现在,更是未来。

我不是在远处,也不是在近处,而是在这里,就在这里,当着你们的面,亲口讲给你们。

我讲过无数遍同一个故事,每一遍皆有不同。

我讲的不是故事,而是真真切切的人和他们的事情。

选择这些人和这些事,就是选择某条道路。

和他们一起,我并不孤单。

但最终,我将只能且必然走上一条截然不同的道路。

如此,我讲的所有故事其实都是关于自己。

这是我的人生。

真真切切。

2020. 10. 4

夜行者

(一)

白昼只有一颗星,
黑夜有无数颗星。
人们不喜欢黑夜,
因黑夜导向黑暗。
然而只有在黑夜,
才昭显星之璀璨。
为此我接受黑夜,
正如我习惯白天。
纵使黑暗之散乱,
又侵入我的迷狂;
我亦将行路,
行路——且歌:
这世间的神奇,
犹如碧玉之光,
幽幽地发在夜间;
这世间的神奇,
犹如群星之光,
烁烁地发在夜间;
这世间的神奇,

是那黑夜无边；
它不生光明，
光明却为它而降。

2007.7.8

（二）

录自我与荒原上夜行者的对话。（以下对话中，夜代表夜行者）
我：夜行者啊，在别人沉睡的时候，你为什么行路呢？
夜：我并非不想睡眠，只是难耐昏沉的黑夜。
我：那么为什么选择荒原呢？
夜：它的辽阔和深沉让我敬畏，却激发了我的勇气和信念。
我：那么为什么不是思索而选择行路呢？
夜：你可知思路的来历？思想就是道路！
我：你不害怕那些已知的危险吗？
夜：既然已知，就不危险。
我：那么未知的呢？
夜：生命可曾已知呢？我所未知的只有生命！我的生命！
我：你将要走向哪里呢？
夜：边界。
我：你可知它的边界吗？
夜：我的坚强。
这时浓雾弥漫了黑夜，她带来了白天的气息，却迷惑了夜行人的方向。夜行人站在原地，等待她的散去。

(三)

浓雾散了。夜行者继续赶路。在即将进入圣城乌里时,他突然产生强烈的恐惧感。他要谒见这个城市的守护者了,却发现自己不能像城里无知而迷信的市民一样坦然。伫立在城外,前所未有的邪恶力量攫住了他。除了向自己的父灵祈祷外,再无别的办法。在混乱的意识中,他的父灵现声了。

父:我亲爱的儿子啊,你在害怕什么呢?

夜:父啊,恶从乌有之乡来,向乌有之乡去呢?!

父:你可知恶来自羞耻?你羞耻什么呢?

夜:是我的反复啊!勇气总是忽隐忽现,坚强难免风雨飘摇。

父:天空也会阴晴不定,大海也会波涛汹涌;阴郁过后的天空更加晴朗,惊涛之后的大海更加平静。只有枯木和死水恒定。

夜:父啊,怎样才能摆脱羞耻呢?

父:决不后悔和忏悔!

夜:后悔不也是一种醒悟吗?

父:你非要推翻你的梦才能醒来吗?你能推翻它吗?对未知的否定是愚蠢,对未来的消极是软弱!

夜:忏悔不也是一种向善吗?

父:没有人曾经真正忏悔!人在任何人前的忏悔都是虚假。那些所谓的忏悔者行的是忏悔的虚夸啊。

夜:但不虚夸的人只怕你也还未见过呢!

父:你要永远记住三点。第一,不要找借口;第二,借口不是理由;第三,别人的理由不是你的。

夜:父啊,为什么我看不见我的灵?

父：灵可有形？可用眼看到吗？绝不可轻易与你的灵碰面！不要试图察知莫测的深处。你当服从她。

夜：然而我心灵的恶呢？

父：你可曾经历不散的云雾？那云雾可曾彻底和永久地改变天气?！

想起昨夜在荒原上遇到浓雾的情景，夜行者心头一震。当他想告别时，却发现父灵早已逝去。他大步走向城门。

（四）

在如潮的人流中，守门的兵士拦住了夜行者。（以下的对话中守代表守卫者）

夜：尊敬的守卫者啊，为什么拦住一个善良的人？

守：善良的人很少自称善良。

你衣衫褴褛，却神情昂扬；

身无长物，却目光辽远，

即便不是坏人，也是一个异端。

夜：是与不是不在于言与不言，

少数多数不是真理的判断。

言语的善良是人之首选，

恶语伤人等于毒药穿肠。

如果不能自信善良，

别的自信怎么安然？

无知者和伪君子将评价虚托于众人，

智慧者相信自己的眼光。

倘失去自己的目光，

一切光芒都是枉然。
只需诚实地直面心底,
骄傲和谦虚都是虚晃,
异端的评价恰是封赏。
守:你的言论让我晕眩,
与我的认识大不一样。
我怀疑你在蛊惑和狡辩,
且将你的来历陈述一遍。
夜:我是来自荒原的夜行者。
守:事情绝对没有那么简单,
你赶快给我说个周详。
夜:你并不是看重详细的情况,
你在期待自己认定的答案。
猎人总是促使野兽惊慌,
然后等待它撞入布下的罗网。
守:你的顽固让我惊叹,
你以为我手里拿的是木棍和泥枪?
夜:你手中持有锋利的武器,
头脑却愚钝得像石头一样,
那工具锁住了你的心灵;
以让别人恐惧来消除你的恐惧,
只是虚弱的极端,
也是疯狂的妄想。
守:如果现在就对你用强,
定影响我圣城的声望,
且将你交给本城的守护者,

让他们将你审判。

夜:没有人能将我审判,

即使穿着神圣的衣装。

神圣的皮袍纵然不朽烂,

也找不到不干枯的躯干。

神圣是游戏,

黑暗和光明,

只是太阳搞的名堂。

如果你已在黑暗中行过,

又何必夸大光明的力量。

你的脚步就是你的方向,

你的方向在你的脚步上。

(守卫者带夜行者下。)

2007.6.13

弹一支单调的曲子

弹一支单调的曲子。
我在月光下,
弹一支单调的曲子,
给旷野,
给风,
给另一面的太阳,
给土地和禾苗,
给听者,
给我。
永远弹这曲子,
就像旷野和风,
太阳和月亮,
土地和禾苗,
歌者和听者,
和我一样
永远。

2008.4.7

爱的意图

人与人之间不在于懂与不懂,只可惜这一点很少有人过问。

理解是虚妄,试图理解是愚蠢;而最愚蠢的,莫过于借助工具。

人类最好的工具是语言。

语言——表达意思?

如果只是这个功能,那么使用你的人只是奴隶。

越会使用一个工具的人,越为一个工具所奴役。

语言是什么?又为了什么?

如果我能有这种使用它的喜悦,那么,我爱你!

我爱你,我会淡忘喜悦和痛楚。

这就是本质,也是目的。

我爱这语言,但我烦恼甚至憎恶于它只是一个工具。

一种联系,那一种联系,不用语言的,它在哪里?它把你我紧密维系。

我颤动的枝叶,哦,你看到了,你明白了,然而你终是眼神的迷离。

我真正的意思就像树根,它深埋在地里。

哦,朋友,然而你怎会忽视?

我真正的,意思,

——哪有啊?!

爱人。请远离我的意思,并请拥抱我的全部。

我一直以我全部的无意义在爱着你。

这就是我想告诉你的爱的意图。

2008.3.12

时间词话

我的每分每秒都在随时逝去,
不论过去、现在,还是将来。
(对此,我既不感伤,也不欣慰。)
随时,这个副词实际上是一个"主词"。
(有什么词汇能超过它的力量?)
不时地,我想到这些,
我觉得,生命其实不短也不长。
此刻,它停滞在我的思维里,
生命停滞在我的思维里,
还有——感情中,
思维和感情却在漫无目的地生长。
它们时而激越,时而平静,
时而超出二者而无以言表,
而外人外物毫无觉察,
就如发自心底的独自微笑。
透过时光薄雾,
我依稀看见,
过去某时,我曾在田野里奔跑,
在雨水里,在雪地里,
我无羁地奔跑,
我的喜悦,
甚至忘却喜悦的感觉随我一起奔跑,

（我觉得夸父其实不是要逐日，他只是想奔跑。）
我知晓大地和天空，
在我未知它们的名字之前。
曾经，过去的一切中，
（以及即将来临的一切中，）
那最重要的东西，
在开始时种下，
就会永远在你的生命中扎根，
并且最初是常常，然后是偶尔，
闪现于你的头脑和灵魂深处；
就像自然显示其伟力，
对于我们，会渐渐显得随意。
你要读懂她吗？
或想知道未来的命运？
或者追求一种永恒？
那么，不要为所谓易逝的过去叹惋，
不妨以此刻的所为所想，
观照你的整个历程；
要么，抛开你的追求，
任由你的所思所感，或者无思无感的情绪，
如野草一样蔓延，
而不论它是遇到沃土，还是火焰。
就如生命，不在命运，
而是对命运的，或者反对命运的，
实现。

2008.10.6

诗与爱

我写了很多首诗,但实际上,它们是一首诗,其他的只是不同层次的重复。

诗歌是不同灵感的重复。

你知道她会来,但不知道何时、何地以及她怎样来。

这种无知是生活的奇妙之处。

这种等待,不论漫长还是短暂,是生活的乐趣。

不要破坏生活的奇妙,对命运的好奇是对命运的破坏。

命运就在生活之中,在已行和将行的道路上,而不在之外。

我生活在我的诗歌里,我为这一发现感到幸福。

我一生中最幸福的时刻是创作诗歌,其次是阅读那些使我幸福的诗歌(仿博尔赫斯语)。

是爱,准确地说,是爱情,激发了我的诗性。

爱与诗其实是一回事。

沉湎于爱,忘记了诗,其实是诗意生活。

沉浸在诗,忘记了爱,其实是爱到至深。

或者,无所谓忘,无所谓记,

无所谓爱,无所谓诗,

在其所在,

是其所是,

自然而然。

2016.1.3

爱与命运

爱并不一定一直给人幸福和快乐的感受。相反，它也往往牵动敏感内心的脆弱神经，因而一些偶然和微小事件甚至都能引发宿命论的悲观情绪。但是如果你有爱，你应首先爱你的命运。因为是你的命运给予你爱，指引你爱，而不是相反。

命运的意义不在于时间长短和力量强弱。实际上，爱不能使青春常驻，也不能使世界运转。但它充溢你心时，你会无惧黑暗和魔鬼。我们可能无法把握命运，但凭借真切的感受，我们可以把握爱。爱是我的感受，这是全部。任何东西都不能阻止。所以，即使命运怎样，它又能怎样呢？

爱你的命运，勿为之驱使。

爱一切，勿为役。

2007.10.24

我在一棵无花果树下等你

我在一棵无花果树下等你,
你来了我们的故事就开始。
我不知道你却相信有你。
无花果树还没有结果,
我只是等你。

我在一棵无花果树下等你,
天色阴郁酝酿着风雨,
行者匆匆没有人停驻,
我知道你的名字却不知道你的样子。
无花果树还没有结果,
我只是等你。

我在一棵无花果树下等你,
有一个路人与我打招呼:这是多么好的天气!
有一只松鼠爬上了树枝,
有一只蚂蚁匆匆忙忙地运输,
我像期待这一切一样期待你。
无花果树还没有结果,
我只是等你。

我在一棵无花果树下等你,

我的等待像这棵树一样年轻，
我像渴望友谊一样渴望身体，
我的记忆召唤你和我的所有，
我像从没有认识你那样等你。
无花果树还没有结果，
我只是等你。

2017. 1. 12

我在那条河边遇到了你

我在那条河边遇到了你,
微风拂过树枝,
远处传来隆隆的雷声。
我于刹那间震惊,
你的美丽和忧郁,以及
内蕴于心底的智慧
言语,
却又什么都不是,
宛如我深爱的、一支莫可名状的乐曲,
由我曾经笨拙地奏过多次的琴弦上,
在你的手下,
缓缓,奏出。

2011. 12. 9

麋 鹿

麋鹿兴于左,麋鹿兴于右。
我跟她到左,我跟她到右。
我的影子在四面八方,起起伏伏。
湛蓝的天空,静谧的早晨,
还在睡梦中的,或者匆匆忙忙在路上的面孔,
我从窗子看出去,
我在人群中,也在孤岛上。
我无法隐形,即使我隐居于此。
我总在为那些得到和失去的微不足道的东西耿耿于怀,斤斤计较,
无论是大米与草莓,眼镜与烟斗,还是多年前那张发黄的相片,
我得到或遗失的是我的部分,然而我总像得到或失去了全部。
我在梦里把它们召回或放弃,
有些是应该,有些是我想,还有些我也说不清楚,
就像一只麋鹿,一只又一只的麋鹿
不断跳跃着,
急速跳跃乃至飞跃,
分辨不出它们是向左还是向右,
只是一瞬间,
就这样,
飞跃出去。

倘我的湖水照见你的容颜

倘我的湖水照见你的容颜
那么,你是双桨
我是轻舟
倘我的石子掷出你的涟漪
那么,你是甘泉
我是涌流
倘我的声音震颤你的耳膜
那么,你是音乐
我是节奏
倘我的文字牵动你的眉头
那么,你是心灵
我是双手

2007.6.13

梦

在多年以前的一场梦中
我唯一的愿望只是
窥探自己的未来
就像期待某个神秘的预言家
说出命运的判词

而今我已经无梦可做
因为所有的梦都是关于生活
过去和未来都已经在这里了
不用那些预言家
我亦可宣判

当我独自面对镜中的自己
我反复端详,我不知是该喜悦还是忧伤
命运就在这面镜子里
每时每刻
那个梦也像镜子一样透明

我的多年以前是我的多年以后
我的梦是我真正的生活
若有谁能预言我的命运,那只能是我
我根本预言不了什么
就如我根本没有那样一个梦

轻盈的梦

临近了,临近!
这最欢乐的时刻,
所有的收获都酿成了美酒,
美妙的词语都忍不住从手底和笔下涌出。
只是咫尺之遥,转瞬就会来到。
没有谁能召唤,
但它始终在,
某处,某时。
待我把脚步轻缓地放下,
轻缓,再轻缓一些,
即使面对不断颠覆的时代。
所有痛苦,即使生与死,也隔天就被遗忘。
我的记忆是一个轻盈无比的梦,
永远没有现在!
我们只是在过去与未来的平行线间徘徊。
如果能把匆匆的脚步暂时放轻缓一些,
哪怕只是暂时,
只是更轻缓一些,
我就有可能进入那个梦,
那才是我真正的人生。

今夜，我要搏击梦魇

炮弹已经穿透天际，
而我还未醒来，
焰火将黑夜彻底点亮，
但我还未醒来。

我的身体已不再是我的，
我的身体已不再是身体。
我从我的梦中突然跳起，
却还被巨大的梦魇罩住。

我所有的梦境如他人的生活一样
日复一日，年复一年，
那座巨钟的指针其实纤细，
但最响亮连续铛铛的轰鸣声也无法叫醒我。

朋友，请不要叫醒我吧，不要！
我和你一样，都将在一成不变的梦中，或者生活中，
死去。
但若你是一个战士，用你的枪尖戳醒我，
即使为之流血，我也要感谢你，
我只要与那个梦魇勇敢搏斗了一次，就是
一生。

世界已在硝烟中了，它早已如此了，
它其实一直如此
但我还未醒来。

现在我醒来了，
我独自穿过硝烟弥漫却无人的战场，
我清晰地听到人们欢乐的喧闹声，
我实实在在地坐在这儿却像漂浮在某处。
不论整个世界如何，
我已经做好了充分的准备，
今夜，
我要搏击那个梦魇。

2022.5.28

第二辑

你

打动你

有什么能够打动你？
我在短暂的午后给你写悠长的信，
我看着满地的黄叶却想起与你初逢的夏日，
我踟蹰不决的脚步与满怀期待的等候，
我那不愿屈服的灵魂与只能与你分享的孤独。

手中的玫瑰已经失去了颜色，
瓶中的玫瑰已经枯萎和败落，
然而只要这双手捧过玫瑰，
这只瓶子曾经装过盛开的玫瑰，
它们就不是然而和曾经，而是一直和永远。

我会在某个夜晚醒来也会在无数个白天梦游，
我经年累月的努力也许只是给空虚和荒诞再记一笔，
即使再美好的语言也不能挽留逝去的年华，
那么，为什么还要喋喋不休地说，孜孜不倦地写呢？
因为我说的不仅是语言，我写的不仅是文字，
这语言是我的生命，这文字是我的生活，
我在这个平淡无奇却天清气朗的冬日的早晨，
说给你也写给你，
宛若我们从未相识。

2018.11.26

你

所有的话语都向你开放,
就如玫瑰只向你盛开。
因为你,我再次发明了语言,
即使这发明依然落入俗气的泥潭。

在云端即是在脚边,
原来我所有的思虑和行走只是为了发现,
发现有朝一日,
我终将与你相逢和同行,
无论如何。
你在诗歌的远方等待我,
等待我为你谱写那命中注定的诗篇。
正如向阳花永远向着太阳,
但你是宁静夜晚温柔如水的月亮,
我只是沐浴在这神圣光辉中,
却永远不被灼伤。

我早已跨越了重重山峰,
无论往昔的寒冰,还是未来的温暖,
在你面前,因为你,
它们都变成虚无缥缈的云烟。
你郑重地也随口告诉我你的感受,

我在一瞬间知道，这是我们共同的、永恒的命运。
现在，我们的世界都将围绕这一个字旋转。

如果语言能够表达和刻画我的爱，
我就被瞬时的幸福充满，
只要我能够。
如果这支笔或这双手能记录珍贵的、与你一起的时光，
我就被长久的幸福充满，
只要我能够。
如果我的头脑还能思想，我的灵魂还能不由自主地寻找你的方向和芳香，
我就被永恒的幸福充满，
只要我能够。
但我相信有那不能表达的，不能记录、不能思考和不能寻找的地方，
我愿意用我的语言命令所有的语言都失效，
让它们重新并只向你开放，
我就被极大的幸福充满，
我相信我能够。
我相信我能够忘记这一切爱你，
哪怕只是转瞬即逝的、最微不足道的一点点幸福，
也足以把我充满。

2017.8.22

今 天

前方是什么指引我，我不知道；
未来有什么吸引我，我不知道。
我在何时醒来，何处安眠，谁能告诉我？
告诉我，跨过白昼黑夜的裂隙就是曙光；
告诉我，游荡于这儿那儿之外才是永恒。
有永恒的光照耀我片刻，我知道我只属于那个瞬间；
有永恒的地方我停留了片刻，我知道我的人生已经完满。
有无数的地方等待我，我只选择从这儿出发；
有无数的事物奔向我，我只选择其中的一个。
记忆若能停留，就停在你我相会的时刻；
记忆若可以停留，就停在你我相会的地方。

这一生若是一刻，那么不要来时与往时，就是此时，正在此时。

这一生若是一天，那么不要昨天和明天，就是今天，只是今天。

今天，你在我身边，我在你身边，

无论何时，

何地。

一直有你

仿佛在一条永恒的路上,
却时时邂逅
又一次,又一个你。
穿越一个个隧道,
一排排的白杨树让我想起故乡。
然而,最多的是想起你。
思念,一遍遍的,
没有终点。
一盏盏常明的灯照亮前景,
带我们穿越一个又一个暗的隧道。
你的每时每刻都化作我的旅程。
任何一个景物都让我动情,只因想起你,念着你。
一遍遍地重温和更新,
不论何时何地,
就这样一直,一直,
一直
有你!

2017.7.2

一棵树

打开阳台的门
浇遍所有的花
却浇不到
南山上的
那一棵树

为了一个
不知结果的诺言
从此注定
你将在这里守望

一棵树守望一座山
一座山守望一条河
一条河守望一片土
一片土守望一方人

而一个人
只守望
这一棵树

春日里的郁郁苍翠
秋露中的瑟瑟朦胧

风过的婀娜婆娑
雨后的清新爽丽

你无尽的容颜
我双眸的想象

距离注定
我只能看到
你生长的背影

2004.10.23

永 远

遥远在哪里?
那里肯定没有爱的脚步
落花的时候不叹息,
新的果实从哪里孕育?

你的面前走过多少人
有一个人面孔清晰?
你的眼睛看过多少次
有一个人眼波像你?

疯狂之后是迷离
迷醉在你的背影里
等待也许太孤凄
但世界是我们的屋

有一个念头在心里
永远,永远——
是一小段距离
你是我的邻居

2007.5.29

在夜里

在夜里,
当一天的燠热渐渐平缓,
但梦还没有开始的时候,
你轻盈的脚步声
是细雨,无声的润泽
花草、土地和空气,
还有,我的手指。
于是,这邂逅实现我灿烂的愿景。
它波澜不惊地,
成为我的心情。
在一切之中,我无知地选择了你,
却重新开启我关于一切的七彩之门。
从此躯壳成为身体,
身体幻化为精灵。
犹如在海底燃起的火焰,
即使在远离大海的地方,
每一簇火焰中央,
也泛出海水之光。
在那光焰映照之下,
"一切",连同这词语本身,
包括我们腐朽的命运,
随风而逝。

2007.9.20

盲人的夜

夜晚
黑暗一样的沉默
你颤颤地
摸着
点亮那盏桐油灯
驱赶
影子一样的寂寞

火苗跳上了眼皮
映上黑黑的瞳仁
夜夜一样的灯光
夜夜一样的无边

黑色是夜晚的盛装
穿着它
你约会
梦中的新娘
指尖
可触的柔软秀发
碰到
冰冷的僵硬拐杖

黑暗一样的沉默
你颤颤地
摸着
猛烈的收缩
微弱的火苗
烫灼
白天

2006.3.10

献　诗

(一)

仿佛千年的历史只钟情于天荒地老的传奇,
虽说生命如流水落花易逝,但是
想起你,
想到曾经和你在一起,
沐浴尘封已久的神圣光辉,
我仿佛活了千年之久。
我的满足是大海,
不停地期待江河的充溢。
自然造物之神奇,如蜜蜂,
使我勤劳而盲目地想望,
却啜饮花露的甜蜜。
千年之下,
光阴是拈花一指的微笑。
我仿佛看见,
在同一世界的另一方向,
众人顶着烈日,
而此地,星辰涌向夜幕。
你轻轻的叹息,
犹如幻梦未醒时黎明的薄雾,

驱散我生命中黑夜的荫翳。

我早已迷蒙的双眼,

又有什么能再让我泪水涟涟?

飞逝者留下的记忆,

在徘徊不决的时刻,

暗示着反复:

我所掌握的,

将终不得取;

我不能掌握的,

蕴含我的秘密。

于是,

我竟喜欢这无常的命运,

早在最初的游戏里,

已预示了路途。

而我的分享者,

亲密而难忘的果实,

在繁花落尽时,

献上,

她和我的全部。

2007. 11. 14

(二)

是谁,

使我认识并找到了泉源?

——生命的泉源,
那一切事物中最重要的。
我的爱人!
我将欢呼,
然而沉伏。
在边缘中看到了核心,
犹如黑色炭火烧得通明的,
内核灼热,边缘冷静的心。
我有限视野中的无限世界,
转瞬成为过去。
昼夜频繁交替中明天的影啊,
一个清晰的幻影,
却超越过去一切岁月的涌现:
无论伟大还是神奇,
激越还是静谧,
被抚平在一面镜里。
然而,以往之光辉裹住你,
它蕴藏所有情愫,
如将要开放的花朵紧紧裹住它的美丽;
即使微暂如露珠,
淡逝如烟霞;
也不揣浅陋,
并以此为真实。
在游离中,
坚定不移者闪现如一。
自然之强大和神圣,

无人洞悉奥秘,
因其掌握锁匙,
而人,
居于牢不可破的时间之门内。
只有高处啼鸣的夜莺,
和我一起,
并以我所不知的语言,
喃喃自语。

2007.11.21

(三)

我早已忘记了,
饮过的甘泉和美酒,
还有他人的赞歌;
然而,你的气息,
幽深而神秘,
萦绕在我的耳侧,
无穷无尽,绵绵不绝,
令我忘我,
驱使我,
这个不甘驱使的人
和永不甘驱使的心灵,
它曾经静止,
像在蛛网中封锁,

但你纤细的发丝把它,
拨动。
心中的烈火燃起,
却如澎湃不止的浪潮,
即使向着漩涡,
也永不停歇。
你温润的嘴唇,
娇嫩若新发的枝芽,
在春雨中渗透,
直抵心窝。
她如此甘洌,
唤醒我早已忘却的饥渴,
犹如远方,
亲切的,
母亲的乳汁。
沉醉啊,
沉醉——
你的臂弯,
沉醉是春天的季节。
那婉转的音调,
低低续续地诉说。

2007. 12. 5

若干年后

若干年后,你忽然想起那天下午你们的谈话。
那天你们谈了很多,很投机。
你当时确信你收获了很多东西,包括默契。
然而现在你已全然记不起这些东西,甚至一些蛛丝马迹。
唯一闪现在你眼前的,却是你当时忽略的,他的眼神。
他的眼神不像他的话语一样热烈和灵动,相反,
正如你现在懂得的,那是一种深切却不易觉察的渴望,甚或落寞。
他挥洒自如地讲说,
生活、概念、意义和精神消解在他的言语里,
犹如缤纷的黄叶堆满道路。
你豁然开朗,
兀自沉浸在谈话的快乐里。
朗朗晴日之下,
你甚至忘记了已是深秋。
在这个时刻,你忽然记起了他的眼神,
忽然明白了他从未言说过的渴望,
因为你现在也有了如此的感觉,
却已是若干年后了。

2011.11.17

寻 找

一种话语在寻找它的文本
一种思想在寻找它的地方
一种力量在寻找它的源泉
一种感情,在寻找它的另一半

是 你

不是每一次偶遇都会改变人生，
不是每一次哭泣都能唤醒爱情，
也不是每一次回眸都能发现你，
所有的不只是为了在排除所有之后，
只留下你。

2019.5.23

唯一与所有

什么是生命?
爱。
什么是爱?
生命。

我问了所有的问题,
你只有唯一的答案。
这答案如你般唯一,
唯一的你唯一的爱。

你是唯一的,
这就是所有。
所有皆虚幻,
你唯一真实。

2019. 7. 15

八　年

八年，石头磨钝了记忆，
我已穿行在我所不认识的隧道里。

阳光依旧，
但只有在它消逝之际，
在傍晚，
我才感受到你的温柔，
如月光下的等候。

路灯，记载着这条路，
从秋风起，到白雪落，
孤寂的背影，
热切的守候。
这一封信翻山越岭，
只为涌现在你的唇边。

油菜花开的季节，
我踏上了远方的旅程。
天地寥廓，
然而都市苍茫，
你来了，
我搂紧了你的双肩。

这时空已千千万万变,
这时空其实一点没变。
路漫漫,
我们早已迷失了方向。

岁月,时间,光阴之箭,
只是向前,向前,
它们哪里还会拐弯或回看。
我也不指望它们停驻。
这一刻我付诸言语,
它们经历了千万次,
却还是像第一次那样期待和新鲜,
就如八年之前的,
初见。

2012.10.23

我的太阳

通过你的话语,我认识了你。
通过你的眼睛,我理解了你。

流动的空间,话语在交谈中如树叶在林中缤纷落地。
不变的情愫,内心在波动中如浪涛在海上起伏平息。

莎士比亚说,如果知识值得追求,那么所有知识都是关于你。
我说,只要你在,追求知识就永远不孤独。

当我远行,才知思念是永远的轨道。
当我回归,你的灯光是始终的指引。

我已穿越重重时空,只为发现你的踪迹。
我愿永远停驻这儿,只是习惯你的味道。

有多少人如此或没有如此,有多少人告诉我或者默默无语,
世界的喧嚣与平静影响了我,我而今只想航行在你的船上。

你的眼眸一直如星辰闪亮。
你指向那浩渺灿烂的天际:
知道吗,你离开的日子犹如空虚的夜空,
但想到你,就好比一颗星升起和照耀,

它在空虚的夜空中其实微不足道,
却是我永远的太阳。

2018.1.29

送 别

凌晨四点钟的火车

凌晨四点钟的火车,载着雨水和你的泪水而去;凌晨四点钟的孩子还在香甜地沉睡;凌晨四点钟的我,对出租司机说,火车站——回家!

一如既往

我透过车窗,看着你,一如多年前的那样,深深地,想把你的样子,融进我的脑海、血液,镌刻在心上,一如多年以前。

一遍遍

我一遍遍地看着你的话,一遍遍地热泪盈眶,我知道我曾经一遍遍地爱过你,每一遍都像现在这样新鲜。

在路上

在路上你说一定要去,在路上我说折腾不起;在路上你说保留希望,在路上我说徒劳无益;在路上你低头啜泣,在路上我发了脾气;在路上我突然悔悟:原来这短暂的告别,只是为了重温你的美丽。

如果没有爱

基督山伯爵说，人类的所有智慧，都在于等待和希望。我说，如果没有爱，就无所谓等待和希望，更谈不上智慧。

2014.8.21

故 乡

穿着昨天的鞋
踏上旧日的路
往昔的回忆激动着脚步
夕阳却悄悄把夜幕深送

在路边期待满天的星斗
冷月的影子浮在眼前
没有嫦娥和桂树
后羿折断了弓箭

数星星的孩子造出了地动仪
地震的时候群星璀璨
流星飞过时来不及许愿
愿望是流星再亮过一遍

太阳欺骗了我的眼睛
鞋和路欺骗了我的脚
闭眼赤足躺下
温润的潮水送我到细绵的沙滩

从没见过大海
大海是我故乡

2006.3.7

岁月——你的日子

无声流淌的岁月,
我们已共同生活了多年。
也许不多,就我与你相守一世的渴望而言。
也许足够,就我已经得到的爱而言。
它足够多了,远超过我的渴望。
这渴望就落实在每一年,每一天,
每时每刻,
无论喜乐忧伤。
在我未识你之前,
岁月是光阴之箭,
倏忽就串联了我们;
在我认识你之后,
岁月才真正称得上岁月,
它终于慢下来,慢下来,
犹如蜜蜂在蜂房中的默默酝酿,
犹如每个普通的一天那样弥足珍贵。
这个日子,普通,却弥足珍贵。
普通得像平时一样寄托了我的爱,
可贵的是,
它其实早已有了生命的实体。
然而我之前却毫不知晓。
爱是默默生根发芽的喜悦,

我对着岁月说。
起伏的峰峦无数次地回应我:
爱是默默生根发芽的喜悦,
爱是默默生根发芽的喜悦,
爱是默默生根发芽的喜悦……

2012.7.22

创 造

造物主啊，我必须有所创造！然而谁创造了你？

你却说：

必须创造生命！

人的生命必须有限，而我则无限，故被尊奉为主。

通灵者在有限与无限之间穿梭，并透过生活的黑夜传递梦想的白昼。

那个宣称"上帝死了"的人，实际上是我的孩子——真正的通灵者。

真正？

是的，真正！

因我的身体从不披着衣服，我的旨意向来不是魔术和宗教；

我从不通过故事宣讲道理，更憎恨宿命的论调。

那么，那些经书？

不，可笑的永远是道理，更可笑还有记录；

我唯一要告诫你的是，永远当心你的信徒！

言千万，莫如创一念。

我们创造了一个生命！

鲜活的生命，他是风神在流水中播下的种子，是啜甘露、饮雨雪的大地之子。

他沐浴阳光、呼吸空气而不自知；

神明照耀他的身体，他却喜悦于追寻幻影。

白昼赠予他光芒和麦穗,他却徜徉于夜晚的河畔。
喜悦之于无知,就像玫瑰之于刺。
自然,我对你的敬仰就是冒犯。
取一物而舍其余,哪知分别又来自何处?
就像爱情。

语言、文字是人类最伟大的创造之一。
如果语词指其所指,那么,"最伟大"或许意味着
宇宙——包揽万物,
天地——承载万物,
人类——认识万物?
然而,唯独"世界"最为中和而贴近。

出入世间,生死为界;
心性内外,物我为界。

我与我所处世界的界限,
是我独立于世界的唯一凭借。
而世界,
却以同一规约一切。

这世界的形体,同它的意志一样;
这世界的个体,同它的群体一样;
这世界的时间,同它的空间一样。
同于一切!
此地拉下夜幕,彼地升起朝阳,

然而太阳和黑夜同一,
正如彼地此地,皆为土地。

人的最终问题是:我们(认识)的界限何在?
人与它的类,世与它的界,
冲突与斗争创造一切。
所以,我心中的人格是:
对世界,是一个和平主义者,
而自己,却是一个战士。

2008.5.21

罪名——致《波西米亚狂想曲》

如果可以回去,那让我回到最初,
但即使重来一遍,生活还是如此。
此时已没有假如,任何时候都不会有假如,
假如我能够再次选择,我还是毫不犹豫地选择憎恨
所有的假如,最高的则是我从一开始就被迫认识的神祇。
你叫什么名字呢?管他呢,
我给我自己起了这个名字。
这是罪名,
我是乡下人,外来人,黑皮肤的人,龅牙者……
这是罪名,
我的父亲,我的母亲,我的爱人,我的朋友……
我也不祈求你们的原谅。
正如你们的估计,
我是胆小的,
但我其实不愿与任何人,任何事物,包括我自己和解,
除了音乐。
这是罪名,
我创作了它,但它却把我引向毁灭。
那就毁灭吧!
让剩下的人,剩下的时代去歌颂和传唱,
我则到此为止。

漫　游

（一）

有一天我厌倦了漫游，
我想找到一个地方永久地停留。
面对这无垠的世界，
近处是无边无际的吵闹与扰攘，
远处是无边无际的寂寞与荒凉。
朋友，我该走远一点还是近一点？
也许，我对其他人只意味着吵闹，
唉，我这倾吐不尽的衷肠！
但若你流露出哪怕一丁点不耐烦，
我将远远地离开，到那只属于我的荒原。
我将只喂着我的鹰，却永远不让它为我捕食。
若有一天，这荒原也被开拓成热闹的集市，
我将死去，朋友，
请不要惋惜和悲伤。
喂我的鹰，让它成为
你的。

（二）

启程吧，启程！

有什么能比新的目的地更令人神往?

新的生命新的身体新的武器新的书籍新的火炬连火也是新的,

连带着它们去那新的目的地吧!

这是只配新人走的路。

既没有荆棘,也没有凤凰,

只有铺路的琐碎的硬石子,

等着被你的脚磨成尘土。

且慢,还有一只,也只有一只蹁跹的蝴蝶,

不知从何而来,也不知因何而去,

只是在你身旁的野花上飞来飞去,飞来飞去。

它曾是一只丑陋的虫子,而今也蜕变成新的了。

新的,就是美的,

你的漫游也由此开始。

(三)

一切都是巧合,

正如我作为生命的开始。

或者,无知和混沌竟是好的,

因为,智慧和秩序来自它们。

我实在搞不懂人类的道德、情感与理性,

还要长年累月的习得……

他们却说,赤子,这就是至纯至真至美的赤子!

这就是我所有漫游的开始。

它像极了我在最终时说的所有的话,

其实只是一个词——

荒唐。
这也许是一切的真正谜底。
没有人会真正开启他的旅程,
因为所有的旅程只不过是一次短暂的漫游。
我们都浮在时间之上,
轻如尘埃。
微如尘埃。
逝如尘埃。

(四)

记忆啊,记忆!
难道我只有到了风烛残年才能回首,
到了不能行动才会真正梦想,
并真正地行动?
记忆把我们锁定在它的网络里,
谁也不能僭越。
犹如一张硕大的蛛网,
其实被我们自己所织就。
即使漫游过万国万地,
也不过是在记忆的脉络里,
穿梭而已。
记忆,这把人引入希望与绝望的记忆,
在美与丑、存与亡之间,
更多是忘却而平庸的记忆。
这看似牢固的蛛网已破碎不堪。

我慌忙地逃离,

却遽然醒来,

四顾无人,只见屋角上檐那只缓慢爬行的蜘蛛。

2020.3.28

(五)

到哪里能找到你?

遗失的钥匙和虚掩的门,

白鸽从窗口飞入,

云朵之上还有云朵。

田野盛放童年,

大地和河流正在交汇,

然而,我还没有遇到你。

在青草变黄之际,

我放牧着我的羊群。

而在梦中,

是羊群引导我进入一片前所未有的水草丰茂之地。

我听到某个警告:在日落前出来,将永久地拥有这个常青的牧场;

否则,将一无所获!

我其实在心里真的记住了,

而且,我确实想这样做,我发誓。

但我的羊群,

我那可怜而贪婪的羊群,

我在一开始就失去了对它们的控制。
后来夜幕就吞噬了一切。
我其实从来没做过这样的梦。
我甚至从来没有梦到过羊。
但我已经遇到了你,
即使我牧场的青草已经变黄。

2020. 4. 4

(六)

到这里,到这里吧!
这是真正的家园,
流浪者可以栖居。
世界的时节已经过去。
此处只有一个时间,
永恒只属于此地。
这是只属于夜莺的地方。
所有的啼鸣都是歌唱。
只是同一支曲子,
唱到天亮。
只唱到天亮。

2020. 4. 9

(七)

世界的落日在我眼前,
我以为这就是结束。
在另一处,另一个时刻,
它却是开始。
黑暗中滋生的力量,你来自哪里,又去向哪里?
我的漫游无所不至,
也无可归处。
穿过所有的阻碍,
如一只勤劳的蜜蜂,穿过花朵和捕捉者的手。
也会在一朵花上停驻,
或,陷入某个简单的机关。
那就射出你的毒刺吧,
以生命的名义,
让世界真正开始。

(八)

跟我来吧,孩子,
让我们一起漫游你指点的地方。
世界在快速地向前,向前,
我们的车轮也不曾停歇,
超越一个个的人和景物;
也被一些人超越,

一些景物也把我们落在后面。
在你的倦意袭来之际，回头吧！
只有在极困倦时清醒，保持清醒，
才能得到意外的惊喜。
就是这个地方，
成倍地放大你跳跃的能力，
也成倍地放大了你的欢喜。
你指着某处吱吱呀呀地说着，
我经常不懂，却只是欢喜，
犹如听闻天籁。
带我走吧，
指点我到你愿意去的地方，
无论哪里，
孩子。

多少诗歌才能说尽我对你的思念

多少诗歌才能说尽我对你的思念,
我没有发出,也不用发出的誓言,
所有我做过的,和未来要做的事,
加在一起,不如
你的重量。

多少诗歌才能说尽我对你的思念,
孤独是一种很重很重的病,
我曾经那样地无药可救,
直到无药可救地,
爱上你。

多少诗歌才能说尽我对你的思念,
一切都在转变,
我们都无可奈何地被时光抛掷,
抛却时光,一切定格在我们相遇时的
那一瞬间。

多少诗歌才能说尽我对你的思念,
无数的地方留下我们的足迹,
只有少数的我们称它为家园。
多少等待只起于一面之缘,

多少言语只化作望眼欲穿。

2017.4.24

第三辑

它（他、她）

他

他走入无人的旷野,

背后是无尽的黄昏,

巨大的、辉煌的然而也是即将降落的太阳照在他的脸上,

他的眼神茫然中有些坚定,

似乎有些东西要下沉,有些东西要上浮,

然而到底是哪些完全捉摸不定。

他已不清楚他的命运,

自他从一个木匠却宣称自己非凡那天开始,

他就开始不由自主,

他不知道自己是坠入一个梦幻,

还是沉睡已久的梦幻无意中唤醒了自己。

如今,这梦幻又一次召唤他,

他开始预知到前所未有的凶险,

然而,在此之前,

也将有前所未有的荣光;

或者,还是一个普普通通的木匠。

他必须在两者之间做出选择。

是成为神,还是凡人?

生命从未如此沉重。

他想起那半人半神的阿喀琉斯的选择,

而他,只是一个平凡的木匠。

虚空的虚空,人群中如此,即使门徒众多;

虚空的虚空,犹如这旷野,即使远离人群。
既然如此,何必停留,何必思考,
信念一旦产生,那么,
是魔鬼,是天使,已由不得自己。
既如此,
那不如返回,
返回那道路,
但从今以后将不被任何其他的事物所影响。

木 头

如果这一天不降临,
我永远不知道我只是个凡夫俗子。
这短短的一天无比漫长,
我将痛苦地,无奈地,在众人的侮辱嘲笑中死去,
也许会在一些人乃至更多人的眼中、口中复活,
但这一天后,一切都将与我无关。
如果一切能重来,
我情愿不要这一切!
只愿时钟再把我拨回到那段和父亲在一起学木工的岁月。

每一种树木都有它们独特的味道,
原木的香味是醉人的。
没有一个枝条是无用的,
我学会了辨别每一种木料的材质。
我汗水淋漓地创制着,
心满意足地看着我的全部作品,
从粗劣的工具到精美的艺术品,
一开始,是木工,而不是其他,让我无所不能。
木头是我自始至终最爱的,如果我能说,
它才是神,
或者是神和我的合体。
尽管我没有读过多少书,

但我比那些学究和王侯更懂得真和美,
这是一种天赋,就这么简单。
最光辉的岁月在那时,我感到前所未有的充实。
而非在天上或被追随,我都将前所未有地孤独。
命运是多么残酷啊!
或者多么巧合!
我的生命,也将被我所爱的这木头所夺去。
这一次,我将被别人连同我爱的木头所钉制。
尽管我仍然对痛苦与死亡心存畏惧,
但此刻,看到我最熟悉的东西,
我竟浮上一丝莫名其妙的、淡淡的忧伤:
他们为何选了这两根如此粗劣的木料?
我着实有些不甘于被附着于它们之上,作为结束。
我因而对人生感到彻底的失望。
但因此痛苦和恐惧也随之消散。
此时我感到分外的干渴,我说:
"我渴了"。
兵丁们倒没有拒绝我这最后的要求,
但附近只有装醋的坛子,
他们拿海绒蘸满了醋,绑在牛膝草上递到我口边,
有一种酸涩清凉和甘苦杂陈的味道沁入我的心脾,
伴随着前所未有的痛苦,
我知道我已交出了我的全部,
并终于可以安息。

2017.9.25

花的模样

养花人

看过多少次花开花落,
以此计算和度过年月。
栽培好花木光阴飞越,
岁月把我栽培成老者。
辛劳一生得到的回报,
鸡皮鹤发额头的纹络。
花败尚有再开的时节,
我纵然有心勃发热情,
也只能眼看不能留住,
即使夕阳再回光返落。

路　人

花儿开得烂漫,
却不能采撷;
犹如我一直走这条路,
但我于它只是过客。
我曾经生长在花草的田野,
而今远离了乡落;

犹如盆里的花儿，
远离了和风细雨和电闪雷鸣的世界。
唉，花儿啊，花儿……
养花人，花儿可有感觉？

养花人

年轻人，正是花开的季节，
你的神情比落花时还落寞。
花儿的感觉也许只有泥土和雨露知晓。
但是你的呢，
知晓你的，
可是你的滋养和寄托？
且抛开疲惫的问索，
这里有最普通，
却最重要的四种花朵值得选择：
爱情的玫瑰，
健康的康乃馨，
生命的仙人掌，
还有，勿忘我。

路　人

玫瑰虽然热烈，但早早凋谢；
健康系于生命，对它我无法把握；
生命啊，生命，

你的意义就是活着?
如果仅是如此,
人甚至不如草木枯荣,
任由季节。
只有那小小的,不起眼的勿忘我,
娇弱,倔强而满怀期待,
我不能忘却。
实际上,
我的选择不由分说。

养花人

带她走吧,年轻人。
即使脱离了泥土和水分,
这花朵也是花朵。
朝阳过后有夕阳,
随心所欲看天色;
夕阳之后无夕阳,
活不到老有憾缺。
常存期待,
自然安于寂寞。

众花摇曳

好花开不问季节,
好花香不留片刻。

没有花香亦醉人，
谁知醉人醉为何？
那花的模样，
几人真识得？
那花的模样，
几人真识得。

2007.11.7

叶的爱情

叶恳求风
别吹我
我热恋着枝

落下去
他才知道
真正的爱人是尘土

2005. 10. 23

岁 月

当人们懂得风雨
——只是天气
当人们撇开天气
关心天空和土地
当时间流动于天地之间
偶尔变换成云朵和建筑
我们还没有心满意足
但身体已老去
然而岁月更老于我们
就像历史更老于文字
时间的弯刀轻轻挥舞
将任何命运都分割成同样
年、月、日的碎片
我们只是拼出记忆
或者飞船，或者稻谷
或者季节，或者昼夜
或者劳作和休息的地图
那些或长或短的忧虑和叹息
淹没在大地生生不息的发动声中
犹如雨点自天上悠然滴落
却被滔滔洪流裹挟而去
世间永恒者必然真实

真实者必然坚定不移
然而可有事物坚定不移
即使牢不可破的传说背后
那些不可言说的神圣光辉
也渐渐褪去色迹
一切生动者奔腾不息
唯有空气弥漫和充塞
像太初一样静谧

2007. 7. 1

祝　福

凋零的花儿，
我为你祝福，
你会成为泥土，或
风中的灰尘，
它们永不褪色，
它们永远真实。
永久者必须真实，
真实者必得永久。

我是一个饥渴的旅人，
吮吸露水和泉水，
就像呼吸空气。
我的每个片刻都是永远，
正如每一次脉搏，
都是血液不息的奔流。
如果它一朝停下，
呵，爱人，
请为我祝福，
因为，在爱开始时，
我已满足整个人生。

孩子，

你寻求我的拥抱；

却推开我，

阻止你玩耍的双手。

我的担心你早已看透，

只是那些可能和现实的危险，

怎能抵制好奇和尽兴的引诱？

生命本身就是一切生物的最大诱因。

所以，放任你接受快乐的邀约，

并祝愿你，

在疲倦后的香甜睡梦中，

继续追逐，

你的影子。

我的天空。

2008.4.7 写，2008.4.11 改

中 秋

诗人的眼睛能看穿浮华的世界，
循着白云变幻的图像，
在遥远的地层深处挖掘，
往昔的智者与神魔，
他们生活的沧海桑田，
桃源与天国；然而
分分合合的尘土，
早已迷漫前人的踪迹，
少数漫游者痛苦的气息，
而今却被人们快乐地回味；
即使最坚实的真理，
也已虚化如空气一样无形，
我亦不能即刻去追逐。
月圆时节。
月圆时我想起亲人和音乐，
当年出生的孩子正脱去童稚，
桌上祝福的蜡烛已被吹灭，
颂扬的歌声停遏，
而余音未绝；
返回的路上，
树的阴影盖住昏暗的灯光，
而我却无知无觉。

2008.9.15

明 天

昨天，离开你，汽车如一艘小船，飘摇在大山间。

雪静静地覆盖着村庄、树木还有河流。

从离开的那一瞬已经开始回忆，我的今天也是昨天，停留在昨天。

今天，唇边还有你的味道，指尖还有你的温度，可你却又遥不可及，你在昨天，在明天，却不在今天。你在哪里？

明天？！明天……

那个同行的雪夜，晶莹雪花依然在晕黄的路灯下轻轻飞舞，我紧挽着你的手臂，我们走过昨天，走过今天，还有明天！

2011.1.29

落叶集

我在河的对岸遥望你,
你是我脚下水中倒映的垂柳。

爱的喜悦在于,
我并没有得到多少东西,
我只是失去了我最想失去的,
孤单和忧愁。

我赠予你果实,
然而,我只是一个中转者,
你却是充满希望的金秋。

身体,身体,
作为本源和目的的身体,
其实只是朴素和普通之物。

2011. 12. 25

曾　经

我拥着你的肩，我说，曾经，
想起一切过往，
在唇边竟一滑而过，
浓缩或消逝在这两个字里。

曾经的某些片刻，
我们称之为美好，
留下难以磨灭的印记，
纵然生命逝去。

曾经的鲜艳色彩，
而今也渐渐褪去，
然而它并未变成灰白，
只是淡淡地，
淡去。

曾经是永恒的片刻，
是失而复得的轮回，
是光影深处的角落，
是无常时空的恒定。

一切事物迅速地向前，转折，崩塌或回归，

曾经的爱与它们都不相关，
只是自顾地滋长，
滋长。

曾经的爱召回一切，却又很快挥别它们，
犹如我借助这语词，珍惜她，却又很快地抛却。
曾经必须在某个时刻，某个点上，
然而它真正却是下一个。

我盯着你的眼，忘却语词，及其他，
这一刻凝住所有。
无论偶然与必然，
让花朵绽放。

曾经的多数时候，
我们称之为平常，
日子如小溪流水悄然而过，
也许幸福即是。

2012.8.11

等 候

就像晚秋的雨水,
江南,
雨巷和油纸伞,
早已消逝在夜晚朦胧的玻璃窗上。
朦胧,叠着朦胧,
这五光十色的雨季,
其实只朦胧地变换着两种色调:
红灯停,
绿灯行。

车子不时地停止下来,
停停开开,开开停停。
在里面我欣慰,看得清自己;
然而甚至看不清身边的人。
思绪正如雨线,
在平静中激越,激越中平静,
终归平静,
平静地,
行走。

还是有一件事情使我满怀念想,
虽说在晚秋夜晚的班车上;

就如憧憬，
早些时候缤纷落下和无声堆积的黄叶，
轻轻掠过肩头；
或如约在祥和的黄昏和午后。
追忆永远可待，
却并不惘然。
正如我在早晨出发的地方，
已经看到你等待的身影。

2012.11.22

在海边

我们到了海边。
今天适逢涨潮。
海风吹过。
极目远望,天海一线,茫无际涯。
只有不甚清晰的几座岛屿,像是此地与彼岸的中途。
远处的海水在酝酿。
近处则集中和联合,形成一波一波的、攒动的"马头"。
终于起了浪,虽不很大,却淹没了眼前的沙滩。
然而旋即退去,最后只留下湿漉漉的印迹和一些泛滥物。
远处的海水仍在酝酿。
最远处,天海一线,茫无际涯。
我听到了友人在告诉我其中一个岛的名字:养马岛。
我不禁略感诧异。然而没有问询。
海风不解悲欢,
潮水兀自涌落。
我们很快离开了。

2008.4.27

风

风来了。

落叶擦着地面啦啦作响。拨开齐腰的枯蒿,穿过枯草中的小径去餐厅。阳光从玻璃温柔地透射进来。一顿充实的午餐。

风歇了。

走过水泥小路。望着太阳,打了两个响亮的喷嚏。穿过两座楼中间的短廊,阳光如影随形。大路上有人在交谈。宁静贴在脚步上。白云单纯而绵密,天空恬淡而深远。

风起了。

梧桐树金黄的叶子哗哗作响。郁郁的苍松抖去塔上的尘点。崎岖的路不拒绝落叶和尘土。抱怨的人中没有人知道它曾经是蓝色的海湾。

风大了。

脚踏在青石地板上橐橐作响。楼间广场很空旷。中间的世界地图偶尔被喷泉淋溅。走近楼群狭小的门。回首望天,风自萧然。

我把风关在外面。

风把我关在里面。

2006.11.8

月 光

一切语言化为文字，
一切文字化为诗歌，
诗歌化作月光，
月光化作溪流，
流淌在，
你经过的路上。

2013. 8. 1

红 茶

当我终于回忆起你的姓名,
在这冬日微醺的午后,
茶叶沉降到杯底,
窗外是不绝于耳的嬉闹声,
而你却宁静如常。
你始终宁静。
但除此之外,我却无法记起你的哪怕一丝丝容颜。
这一刻喧哗出自无数种声音的混杂,
这一缕光束也含着五颜六色的芳华,
只有你始终如一,
除却寂寞的影子紧随你的脚步。
变化着的变化,变化出
这永不停息的、绮丽的世界,
耳听,眼看,所触及和感知的,均不能餍足;
思想的触须,也只如爬山虎,
密密麻麻,接踵而上,
却只是攀附,卑微可鄙的攀附。
我想起始终如一的你,
在梦中,在镜前,
在清澈的水中与飘袅的天上,
你是不真实的真实,
你是真真切切的唯一。

除了你的梦，还有什么是真的呢？
你突然对我言说。
而我却轻轻地啜一口茶，
它有千般滋味，
却只是一杯红茶。

2016.12.6

平静的生活

这一瞬间我极其平静。
摆脱伤痛之后,才发现再巨大的痛苦也终将归于平静。
有什么比平静的生活更值得?
除了,你的爱。
我们的期望在不断地增长。
我们不能确定在向上,但我们必须排开浊流,
逆着这世界的潮流而游。
我在百年千年的历史中寻找那可效仿的,却发现真实往往被隐藏;
我在此地彼地的世界中寻找那我所爱的,却发现真实是孤独难言。
世界,正如历史,已成为一个华丽不堪的废墟,
正等待着比他们还浑浊强大的洪水冲毁。
透过我这日渐浑浊的眼睛,
我清晰地看到未来的图景,
就像我们的现在一样不可避免。
有什么比平静的生活更值得?
除了——
你的爱。

2017. 3. 1

倾 注

我已倾注我所爱的给所有，
毫无保留
哪怕一无所获；
我想把所有倾注于我所爱的，
只我所爱，
其余皆不考虑。

2017.4.5

一封信

我写过一封从未发出的信，
我藏过一枝娇艳欲滴的玫瑰，
我做过一个终生难忘的奇异的梦，
我梦见我一直不肯相信的神与命运，
我记得的只是模糊难辨，
最清晰的却是我的遗忘。

一个清晰的清晨现在已经消逝，
一些神和他们的命运已不再那么神奇，
一个梦终究像生活本身一样不值得回忆，
一枝玫瑰也早已枯萎和零落成泥，
只有这封信，我现在发出，
等待着你的回复。

2017.4.25

一 切

经历了漫长的白昼和黑夜，是你把我唤醒。

路的尽头永远是等待的身影，思念已融入骨髓和灵魂。

我孤独地咀嚼着与你的温馨，任澎湃的爱意疾驰。

不能停遏的命运，哪里是我的终点？

有些神奇蕴含在普普通通的生活里，就像经过酝酿而成。

有一种东西串联我们，就像那洞悉一切的，

力量，不断滋生与消长，

而唯一不变的，是对你的爱不断增长。

即使微弱和渺小，也依然倔强，并不惜地生长。

她就是生命本身。

没有什么能违抗或抵抗。

除了，

你的等待，

我的希望，

我们的生命，

还有什么能叫，

一切。

2017.6.26

世界在我眼前展开

世界在我眼前展开,
那令人迷醉的、芳香的、丰富的、五彩斑斓却又光怪陆离的场景,
集中了所有感官和想象,却超越它们,
超越一切肉体和实在,
实实在在地凝结在这一点上。
它微若麦芒,
却映射所有。
所有都停驻,在此时,
我努力召回记忆深处的自己,
如迷途人寻找他的路。
在梦将醒时你已离去,
而不管这世界多么精彩,
于是我只能深深地陷入回忆,
埋藏它,积攒它,
直到重新与你相逢。

2018. 6. 14.

云　海

飞机腾空而起，很快远离地面，透过机窗，只能看到浓重的雾气。

然而雾气也渐消散，这时在我们眼前展现出一望无际的云海。

云海，这层层叠叠的、绵延不绝的、壮观的云的沙漠，或者云海，原来在天上更有一个绮丽的沙漠或海洋世界。

我观看着，漫游着，经历着这宛若静止的、恒常连绵的天空海洋。

当落日的金晖照在这茫茫云海之上时，瑰丽的景色顿时显现，天空成为一个金碧辉煌的邦国。

天国的门开了。

只在我的眼睛里。

随着夜色的潜入，这神奇壮丽的国度也逐渐消失了。

它隐入了夜的黑暗。

现在夜的黑暗开始笼罩整个天空和地面。

黑夜绵长，正如云海，

然而黑暗中的云海依然绵长。

终于开始下降了，看到人间的灯火亮起。

一点，两点，一片，一大片……

灯火时断时续，时大时小，仿佛在与黑夜不停地角力，

终于，不是它赢了，而是飞机已经降落，

降落在这个灯火璀璨的城市。

灯海茫茫，

哪一盏为我而亮？
天上地下，
然而终有一盏，
为我而亮。

2015. 12. 7

相 逢

你知道,我所有说过的话,其实无非就是这两个字。
这简简单单的两个字,你知道,我其实之前已经说过无数次;
或者表达过类似的意思。
所有的人类生活,人与物,或者物与物,
都是为了这两个字。
为了它们,我愿意付出比长久更久的等待,
我愿意将希望的弓弦拉得不能再满。
然而我的箭矢找不到目的。
这锋利无比的,我专意在烈火中淬炼过多次的箭,
迟迟找不到它的目的。
弓弦已不能再满,
箭早在弦上。
离弦的刹那间,
弓弦颤出低沉的嗡嗡的回声。
这支箭随它自己射向了远方,隐没在虚无之处。
这张弓的回声早已停歇,它失去了自己的用途。
相逢只是刹那。
刹那足矣。
足矣。

2018.12.12

艺 术

艺术是艺术家的儿子。可予他生命,不可介入他的秘密。不要解释他!爱他!

艺术有生命力完全在于我们有想象力。艺术可以超越时空,但艺术家不能。

艺术家祈祷:指示我想象的边界吧,它已把我深深折磨。艺术的风从耳边刮过。

艺术与头脑无关。

艺术是什么?不取决于别人的判断。

对艺术家来说,"到"就是"是","不到"永远"不是"。

艺术存在高下之分?我只知道人的思想、感情和判断有高下。

艺术的高下取决于象征,难道天空的高低取决于云彩?

艺术生于悸动。

艺术是灵魂不明所以的战栗。

艺术归于心灵。心灵不能分裂。

所以心灵不分内外,也没有表面和深处。

艺术不是倾诉和营造,而只能爆发和形成。

艺术要表现吗?我只知道不受支配的表现欲为艺术的可能。

艺术与科学的不同之处在于,艺术相对不受时代的限制。

艺术与时代无关吗?但可以肯定艺术的时代超越所谓时代的艺术。

艺术在乎所有吗?"艺术家"为归属争吵,艺术无言。

艺术品不是艺术。

诗歌是艺术的精灵。

诗歌的妙处在想说又说不出或不能说之间。

诗 歌

诗歌的生命力在于灵性。

灵性是灵感与天性的发挥。

没有人解释清楚灵感,更没有人解释清楚天性。

诗不能解说。尤其不能让诗人自己解说。

就像自己不能解说自己的出生。

诗是一种解说的期待之物。

因为期待,所以持存。

解说者希望发现诗人意图内外的东西,这必然破坏诗的期待性,使其不能持存。

海德格尔发现了荷尔德林。但他的解释破坏了荷尔德林诗的期待性。

荷尔德林在山林里聆听寂静之声时,海德格尔听到的只是窗外的鸟叫。

海德格尔对语言、诗、思之本质的解说即便不能说是失败的,也是徒劳的。

原因并不在于他的解说不够缜密、深入和合理;相反,他的解说阐微见著。

"语言是存在的语言,就像云是天空的云。"我只能说,这解释像石沉大海。

海德格尔完成了他的解说,但荷尔德林诗的解说没有完成。

荷尔德林的诗接近期待本身。

倘使诗本身充满期待,谁能完成他的解说?

期待的事情容易完成，但期待的想法呢？
期待本身呢？
因为期待，所以持存。
诗是一种解说的期待之物。

词　语

那么，写吧！
就如该走或想走的时候就走，
就如该说或想说的时候就说。
此时，我是主宰，我是神，我与他（她）们在一起，
就是这个时刻，这个感觉，
不期而遇却情投意合，
为所欲为却不为任何。
此时，你是利剑，你是歌曲，你是魔杖，你是无穷无尽的神奇。
起来吧，这是征途，要刺穿所有的虚无和伪饰；
醒来吧，这是希望，要像空气一样轻盈与充实；
过来吧，这是信心，把无变为有或让有变为无；
你是最强大的源源无尽，
也是最弱小的绵绵无期。
当我厌倦了这一切，
我伤感着与你告别，
你却说：
"去吧！
现在和将来，我就是你。"

说　俗

人生无处不俗，故曰俗世；

俗人无处不有，故曰世俗。

何谓不俗？在俗世而不世俗。

子曰：虽千万人，吾往矣！

在，不能免；不，吾可为。

陶渊明曾"荏苒经十载，暂为人所羁"，或"误落尘网中，一去三十年"，而"久在樊笼里，复得返自然"。尘网、樊笼、羁人者，五斗米也，使折腰之人也，实世俗也。所以，当田父劝说"一世皆尚同，愿君汩其泥"时（屈原在《楚辞·渔父》中说："世人皆浊，何不汩其泥而扬其波？"），他答曰"纡辔诚可学，违己讵非迷"，而终"且共欢此饮，吾驾不可回"。屈原则没有"且共欢此饮"的态度。居高难下，人察无徒，终至投江，不亦悲夫！

苏轼在《于潜僧绿筠轩》中说，"宁可食无肉，不可居无竹。无肉令人瘦，无竹令人俗。人瘦尚可肥，士俗不可医。"在我看来，他未免也落入俗套。俗与不俗，岂以物论？故虽写，"小舟从此逝，江海寄余生"，但终究还是"洗洗睡了"。李白在说"一醉累月轻王侯""人生在世不称意，明朝散发弄扁舟"时可谓豪气满怀，简直要冲谪仙而去；但是在《与韩荆州书》中折节奉承，话说得很是过头，令人汗颜。此可谓有脱俗之心，无脱俗之气。纵才智卓绝，情奇志远，而终不免俗。为何？

只因俗是一个套。

爱了什么套都愿意入。

爱什么都一样。

多情者几个不成套中人?

性情者,天性生情。谁能拗之?

情生才,才却不生情。故无情不但未必豪杰,而且必无大才。

所以格调高妙不如情真意切,用心莫如随意。晏如是大境界!

所以,去爱吧!但别指望。

指望就是想花朵的时候还想让它开,还想让它香,还想让它香得长久。

近花才觉香气俗。

因爱而近者,几人能敬而远之?

又有几人能为免俗而保持距离?

又有几人能不怕俗而爱而又远?

让爱长驻!然则爱怎能祈使?

若我爱者俗,我能免俗乎?

曰:"且共欢此饮,吾驾不可回。"

我亦将无屑于俗与不俗!

2007.8.5

预 言

时间的洪流在这里陡然转向,
在这里一切过往都不被记忆,
所有记忆会变得异常地短暂。
世界将只充满异常和短暂。
无论一个人,还是整个人类,
走向文明的巅峰,还是彻底地埋葬文明,
不会是这两者,
而是永远处在这两端的中间,
那无数复杂的可能。
然而不会停滞,
只是最大的获得也将很快失去,
人们最终失去的只是时间。

整体已经破裂并不复存在。
整体只能呈现为片段。
每个片段的意义就是整体的意义。
片段的意义在于其不能破碎之处。
但只有经历彻底的破碎,才能看到这一点。
完整性只是一种建构。
只有粉碎它,才能重新建构一种精神意义上的完整性。
所谓整体,都是精神意义上的。
强大的精神将逸出到时间之外,

获得它赖以生存的宝贵空间。

只有空间才能拯救时间。

只有粉碎一切被建构的空间,才能重建空间。

如果我们无惧失去,

哪怕是面临高悬的时之利刃,

我们就已经获得,

获得这个时代流传下去的钥匙。

第四辑

我 们

圣 诞

此刻有多少生命诞生？
我不会以字数论诗人！
但写成了，就是一字一句。
我期望每个字在跃出的刹那都闪闪发光，
哪怕之后就被束之高阁，
无人问津。
正如每个生命出生时都很圣洁，
但终将衰老、黯淡和腐朽。
如果这文字，
哦，不，
是文字背后的生命显现，或，
当文字也有了生命，
那么，
这就叫作神圣。
每一个生命的诞生都可称作圣诞。
我说的是——
真正的，
生命。

雨 夜

这阵雨来势迅猛,去也迅捷。

走在雨后晚上的校园里,收起伞,偶尔有树上的雨滴滴在身上,但也不觉凉。

我们绕着路、草坪和湖的圆环,走了一圈,一圈,又一圈。

虽然还是有些湿闷,但毕竟是雨后,毕竟是夏季的夜晚。

草木经这风雨的洗礼,也精神起来,散发出勃勃生机。

氤氲朦胧的景物和道路,安静得仿佛只有我们两人。

我们说着,但记不得说了什么。

只是无声而共同的脚步。

前路不堪风雨,与子携行无阻。

在下一个拐角,我们折返回去。

2016.6.1

蚂蚁洞旁的文明

急剧变化的世界,人们都被裹挟其中。

即使最强有力的个人和国家,也不能主宰世界的命运。

世界自有其逻辑,人的逻辑只是其中之一。

或者,世界没有逻辑,人的逻辑,哪怕最强大的定律和发明,也是可笑。

相对浩渺的宇宙,人的存在不值一提,地球也只是沧海一粟。

微渺的我们生活得多么忙碌或充实,犹如蚂蚁成群结队地忙碌,只是喂饱那蚁后,然后如此繁衍生息不止。

文明?先进的技术,田园牧歌的乡村与发达的工业化催生现代和更现代的城市。

发达,再发达一些,欲望、财富与权力自始至终都在主导,科学与艺术也得臣服于此。

然后繁衍生息不止,也许只是从一个蚂蚁洞到另一个更大的蚂蚁洞。

文明!有什么能留下来?

文明其实是生存并想要强大的欲望,是强大的机器,是机器驱动下的战争,是战争失败者和胜利者狰狞的嘴脸和沾满血污的屠刀。

幸存者受欲望、财富与权力所主导,正如那些牺牲。

有什么能长久地留下来,给子孙,给未来?

或者谁也不给,只给现在的自己。

我在一个又一个蚂蚁洞边徘徊。

不断开始

我们的故事已经很久很久,然而又是重新开始。

这故事是传奇,也是平庸,它与任何其他相同,又不同。

混杂着身体,欲望,记忆,宝贵的与不宝贵的,用语言和其他记录下来的以及大部分未记录的,

无法停息和遏制的爱与渴望,这是所有。

这是有你的生活,有你,才是我真正的开始;

这是我们的生活,我们,一切都将不断开始。

2017. 6. 12

断　语

有一束光也是好的，
无论是为了杀死还是拯救。

我们已说不出话来，我们所说的无非是废话；
我们也迈不出脚步，我们所走的无非是老路。

啊，朋友，离我而去的，不是你，而是岁月，
岁月离我们而去，将我们的喜怒哀乐包括生死弃之脑后。

只要你经历过，
再神奇的事情也会很快成为平常，但神奇还是值得相信的。

你相信吗，这个世界终究是不可相信的?
但你得相信你自己。

当你说某人曾经说过应当如何时，无论他（她）是多么重要，
你就把自己放到一个非常附属的地位。

说吧，说吧，说出你的片言和断语，
生活本就是零零碎碎的，请下这个断语，
然后用行动试图打破它。

我有一段旅程还未开始

当我老了,我想起还有一段旅程尚未开始。
我坐在我的椅子上,
我说,好吧,除非我放弃过,
实际上我的思考就是我的全部。
所有的路都是思路,
无论是在脑中,还是在脚下。

记录的自由

在以后的年代我们很快淡忘今年,
就像我们今天淡忘昨天、此刻淡忘上一个瞬间那样。
我多么想把它们连接起来,就像我现在这样。
写下来,
也许以后会忘记,但总是某种记录:暂时连接了过去、现在与将来。
这连起来的、写下来的是我们记忆的精华。
记忆若不记录,则毫无价值。
记录有多种方式,
当时间匍匐在我的脚下,当空间出自我的指尖,
此时此地我是自由的。
尽管实际上,我们总是被各种东西所禁锢。

语言与象征

对于语言，我们或许不满足于它的事实所指，而倾向于找到它背后的含义与意义。但是语言的事实意义大于象征意义。

运用语言面临的最大困难是，我们不但永远无法弄清事实本身的意义，而且难以摆脱象征的冲动与暗示。实际上，我们难以摆脱的是追求象征的荒谬。例如，我们穿衣服——文明的象征，匪夷所思！但更匪夷所思的是，天体论者——回归的象征。

事实构成命题，我们难于理解命题背后的象征。比如上帝。

人类的绝大多数命题及其象征都是荒谬！

唯一的真命题是，命题等价于它的逆否命题。思考唐吉诃德以及他与之搏斗的风车，巨人——人类最伟大的象征！

我对人们用昼与夜象征对立的两极充满怀疑和忧虑。此地黑夜的所谓黑暗岂非彼地白昼的所谓光明？

自然不分裂，而人有分别。

我们根本的判断，只是出于立足点的不同。

谁给我一个支点？

我不想撬起地球，只想明白自己。

一切象征都是雾，不仅是迷雾；但都将散去。

爱无法停止

我已满足,生活。
我有太多没有获得,
但只要有一样没有失去,
我便安然和欣然,
并满意我的全部人生。
那是我,你知道,
爱不能停止。

当冰雪尘封了我们的世界,
当我们无知无谓地成长,成长
而不知道一切的意义。
只在刹那间,
只是不经意的、刹那间的一闪光芒,
却足以消融一切。
那是你,你知道,
爱不能停止。

我们曾被空间分割为彼此,
但我们已经是真正的我们。
我们在时间的逝水中融为一体,
任凭它不息地奔流。
我们回忆,

并创造着值得回忆的记忆。
那是我们,你知道,
爱不能停止。

我们创造了一个生命。
一个像我们一样,却迥然不同的生命。
他带着与我们过去一样的密码,
却蕴含着我们无法测度的未来。
那是爱,你知道,
爱不能停止。

2017.3.4

今天,我们共同的生日

你说
亲爱的
穿着第一次见你的衣服
梳着第一次见你的发髻
早早地
老地方
等你

我说
亲爱的
对不起
我没去
那次在晚上
现在的下午
没浪漫气息

你说
记得吗
那天你买了蛋糕
酒
我们醉在烛光里

我说

你不知

我还准备了鲜花

吻

一直留在我心底

你说

那次见到你

你穿着

蓝得发白的运动衣

天空蓝得没有边际

人群中

谈笑自如

眼神孤独

我说

那次你说起

我穿着

打着褶皱的衣服

心疼得没有边际

买熨斗

熨平纹理

心波难息

你说

我说过

我们的相遇
是这个城市
最大的传奇

我说
你知道
我们的事情
就我们知道
最大的秘密

你说
时间吹不散回忆
回忆永远有甜蜜
我是那馋嘴蚂蚁
只想吃你的蜂蜜

我说
岁月留不住痕迹
痕迹总被风刮去
我只是一片叶子
留给你躲雨空地

你说
告诉我
什么是爱？
有没有奇迹？

我说
爱是把你当作我的孩子
然后我们有共同的孩子
今天
我们共同的生日
就是
奇迹

2006.10.23

约　会

有的约会只有一次
谁都不会轻易放弃
其实是尊贵的主人
据说能使人人幸福
这是谎言还是奇迹
我们急着看个清楚

从四面八方而来
涌向同一个目的
摩肩接踵
近在咫尺
你与我
只隔着
表情的盔甲

拥挤时
请拔出剑来
我们是
长着毒牙的刺猬

本来不必费心思力气
因为主人已庄严宣布：

不分先后
人皆一席
盛筵开始
请君入席

幸福不在于珍馐美食
只是找到自己的一席
面对空前的平等福气
没有几个人愿意入席
那么各位亲爱的朋友
我们到底赴谁的宴席

2006.10.20 写，2006.10.22 改

在校园里

我们走在校园的跑道上。
凉风吹散了夏日令人焦躁的热气。
有人在场边弹着吉他,
唱着校园歌曲。
不知何时而来,
只是一首接着一首,
兀自弹唱。

我们回忆起当初的相识。
庆幸着在茫茫人海中,
在不断错过的际遇中,
在天意(或许更多是勇气和运气女神的)眷顾之下,
还是,
相识。

尽管现在已是另一种生活。
但我们不曾忘却那段传奇。
那对我也许是另一种普通,
普通到每一刻都真心浇筑,
直到它被时间,
推逝在某个静谧的角落里。

我们走了一圈,又一圈,
分不出起点和终点,
我也不想追求什么完满,
是的,圆满——就是相遇。
但在那些时刻,我从未考虑过圆满。

我在你耳边念起当初写就的诗句。
澎湃的激情和不屈的意志,
如星斗隐没天际;
然而也熟悉宛如昨日,
或像只能感知而不能言说的血液奔走。

是孩子唤起我们回家的路。
他见证却又不断展示着生命的奇妙莫测。
预知的诱惑,只是把戏,
我宁愿被蒙在鼓里。
正如那歌手,
不知何时归去,
只是一首接着一首,
兀自弹唱。

2012. 7. 9

爱的结晶

我们的爱,所有都在,也都不存在。
如果刹那间,两颗星辰相遇,银河不存在。
生命如流星,刹那就是永恒的光彩。
在天上是刹那,在地上是永恒。
如果有爱,时间空间不存在。
唯有爱的结晶,纪念和延续,
一直存在。

2019.2.17

心与物

心生万物
没有人心，哪有万物
万物之中，心为最大
心亦是物
眼中有天者，多坐井观天之辈
脚下有地者，多故步自封之流
况眼中无天，脚下无地者乎？
心中有天地，天地无限，此化境也
心中无天地，心即本心，化境根也
心外无物
无物有似心者
生一心而心生万物
弃一心而心弃万物
万物于我何加焉？
一心于我何加焉？
无心无物

2006.12.29

夜宇宙

我在白昼记录,
你在夜里发光。
我已不再期待你的回答,
如黄昏降入黑夜。
一切都被夜色笼罩着,
即使最灿烂的光明,也在其中。
夜的宇宙看似悄然地运行着,
昼的世界在它面前微渺至极。
这夜像巨人身上硕大的披风,
微微的抖动,便有若珍珠的星辰滑落。
夜色已深,它已近乎完全地覆盖。
我几乎忍不住发出我的叹息,
我的声音将击破这夜的静寂。
然而终究没有。
我和你都将融入这夜的宇宙。
我们都将在沉默中不分彼此。

2018. 11. 24

梳　子

我们的事情需要再度梳理。
一件件，一缕缕……
时光无情的剪刀已经不由分说地裁剪，
并在你我的发际刻下烙印，
两鬓打上秋霜，
扫不尽的惆怅。
难道在它面前只是这些无谓的感叹？
且慢，我想起在若干年前曾赠你一柄木梳，
虽然断裂过一根梳齿，木头的颜色也变得暗淡，
但它至今仍在手边，常在手边。
这是时间，仍在，常在，
即使你我历经沧桑。

2019. 10. 4

河 流

(一)

在黑夜与白昼之间游走

我像一条河流

默默地　等待一个出口

山会变　水会变

多年以后　你还是像多年以前

温柔

给我给我吧　给我一个理由

或者什么都不说

一枝玫瑰就够

那是潮流　你终于开口

然而无论其他　你只是我的河流

我仿佛已经流淌了千百万年

在爱上你之前　我还年轻但我比人类的历史还古老

我像陨石我像化石我像玉石我像矿石总而言之我是一块坚硬的石头

在爱上你之后　我们开始变老但我认为我们真正可以代表人类

我们相逢相知相恋相伴而且终于我们汇成了一条河流

我们柔软得像我们的孩子柔软的皮肤

我们汇成了一条河流
爱在流淌中流淌　永远地流淌
不休
不休

2020.7.22

(二)

如果守候就一直守候
直到忘却哀愁
如果哀愁不是因为气候
天凉时莫悲秋
再深沉的醉也有清醒的时候
不管任何时候你都在守候
守候如一条河流
守候着她的土丘
如果这土丘失去了她的河流
她将很快被风化沙化
你将只剩下深深的哀愁
哀愁着沙漠化的气候

(三)

我已创造了万事万物
那时我感到疲劳

我不知道还有什么能再令我振作
因为我对创造也感到了厌倦
我停止了思考
我开始了跋涉
在我蹚过的每一条河流我都试图做下记号
却只是徒劳无功
再深刻的印痕也会被微不足道却长年累月的细流冲刷殆尽
我又能留下什么呢
我开始真正地思考我的创造
如果能够重新开始
我将不要万事万物
我要先创造一条河流
我其实已经在我的河流中了
因此　其实没有什么疲劳、振作和厌倦
也没有思考、跋涉和记号
更没有如果、重新和开始
我一直在我的河流中
我已经忘记了创造

(四)

给我一个日子
让记忆如河水一样不息地流淌
绵绵不绝的记忆不息地奔流
思念不够　书写不尽
让每一个日子都朝向这个日子

就像每一个白天都朝向一个太阳

每一个夜晚都朝向一个月亮

而无论白天黑夜

我只朝向你

你的河流带我向远方

永远　永远

思念不够

书写不尽

(五)

奔涌吧

你是河流你就是世界

你是河流你就是爱

你是河流你就是诗

你是河流你就是一切

只为她而奔涌

(六)

有一条河流经过我们的地方

那个地方就叫家园

有一个家园诞生在河流旁边

文明在那里发源

我常常思想自己

你却让我常常想到人类

最广大的东西也有一个内核
但你是绵绵无尽的　流动不止的
这个内核已找到它生长的轨迹
借着它的河流
成为种子
生长　生长
生长
直到有一天
我们可以说
这就是
整个
宇宙

2020.7.22

宇 宙

我睡了很久,但还没有睡醒。
我走了很远,但还没有到头。
我在这路上走,想碰到那么一个人,但更想独行。
我想了很多,我的思想如骏马驰骋,我寸步难移。
写下来,写下来吧!有个声音提示我。
我写了,有时得到世界,有时一无所获。
我走过了,我来过了,
我在某一个地方居住,哪怕常住,
也不会留下足迹,也不要留下足迹。
在时间的襁褓里我们成长,直到它变成栅栏。

越过田野会是哪里?
城市!这连绵不断的城市,还有连绵不断的人群
急切地,想要越过田野。
有人给过歌颂,自由安全神圣;
有人发出诅咒,一重二重三重。
这是坚硬的,如铁如石的空间,也由铁与石铸造而成。
想要做点什么吗?
那就让它如铁如石,是铁是石,或者,让它像或是一座城市。
有很多城市是很多人创造,
只有少数城市是少数人缔造。
我在心中、头脑中也造出了一座城市,

一座变动不居的城市，可以安然做梦也可以坦然行路，

那是只属于我的城市，在许多人，许多城市和乡村，许多条路中间，

却永远不是其中任何一个。

其实它已经不是一座城市。

我现在把它命名为——

宇宙。

幸存者

我在废墟中寻找一个幸存者,
一个像我一样好不容易活下来的人。
活下来,到底是光荣还是耻辱呢?
幸存者说,先活下来吧,其他都是虚无。
我疑心这是我自己内心的想法,因为我的嘴唇一直闭着。
我的嘴唇一直闭着,我早已忘了我上一次开口说话是什么时候了。
是不能说不想说还是不必说,我连这原因也忘了。
说实话,我忘了所有这些与那些的分别。
然而我幸存下来,确实部分是因为我忘记了。
这时,我突然发现了一个如我一样的幸存者正在走过来,
他(她)像我一样的衣衫褴褛,满面尘灰,一副饥渴的颜色,
但之所以说他(她)像我一样,
只是因为他(她)的眼神没有像大多数久饿而看到食物的人那样疯狂而凶狠;
甚至于,我们都有些见到同类的一丝喜悦。
我们走得越来越近了,我努力地想与他(她)打个招呼,
但我开不了口,他(她)真的是我的同类吗?
我的本能在此时激活了我那该死的记忆,我头脑中冒出来的岂止是如此这般的想法,
那简直是无数个想法,
就在这些念头中间,我们竟擦肩而过了。

我怀疑他（她）也是如此，我有一种直觉她（他）真的与我
　是同类。
而且我们是这广袤废墟上仅有的两个幸存者。
但，就这样过去了吧！
我执着地继续游荡在这废墟上，
我不再寻找那个幸存者。
因为根本没有什么幸存者。
那片废墟记载着：
无人幸免。

2022.6.2

真正地写

这时代的作者与读者不少,但真正的读者与真正的作者一样,都是稀缺的。
真正的标准是什么,也许我们大多数都知道,但很难做到。
这不是一个写诗的时代,这地方也不是一个写诗的地方,其实我也知道。
我知道,但管它呢!
我不信,尤其不信会一直如此。
写是我的事,我知道我做到,其实与时代、地方、他人无关。
写作不是为了时代、地方、他人它物,我写是想超越它们,
甚至超越文本和写作本身。
但关键还是得写起来,想写且能写。
写作的驱动常来自外界,某人某事某景,真正的读者是最强大的外动力。
写作的驱动来自自己,我的写作是与自己的对话。
作者也是读者,读者也是作者。
真正的,就是不分内外,来去自由。
这就是我想要的写作,
真正地写,给真正的人。

世界尽头

很快我们又到了一个岔路口
你说向左向右还是维持不变直着走
我说我只听你的随便你说哪里就往哪里走
我绝不会犹豫和回头
你说你来定吧走你想走的对我已足够
我说那好吧一直以来以及此时我想的就是朝着世界尽头
朝着世界　尽头

搬开路障绕过荆棘越过田野和湖水我们一路不休
飞驰而过的感觉似乎把整个时间拥有
攥紧我的车把手我仿佛攥紧了某个最重要的理由
我们在路上但我们也在云上和水底遨游
一路的风景我们来不及看够
一闪一闪而过直到闻到炊烟的气息在漂流

停下来吧停下这就是世界尽头
你疑惑的眼神似乎要把我看透
这只是世界中极小极小的地方风景也并非独有
那么我们为什么要在这里停留
没有原因和道理只是一种气息需要摒除其他的感觉去嗅
它混杂着所有过去的记忆却新鲜依旧
它杂糅着诸多地方的印象却本味醇厚

这是我们曾经到过多次却重新感觉到的一个普通的地方
我现在要把它命名为——世界尽头

2022.6.10

潮　流

我在海边寻找一朵浪花，能反映整个潮流。
我在沙滩上寻找一片落脚之地，沙子却被潮流无情地冲刷。
我返身回家，将沙滩留给大海，大海留给浪花。

2022.7.12

我 们

(一)

在漫长时间那不经意的拐角，
第一次相见却如老友重逢，
那条道路记载了我们。
等待就像家门口长长的坡，
我们必须经过。
穿过蔷薇花瓣的小径，
你轻轻地摘下一株三叶草，
那是我们，以及我们的未来。
它已经足够长久，
就如一瞬间，
打破，也带来了经年累月。
原来你就是我迷蒙中一直期待的路径，
原来相逢其实是无数次擦肩而过的结果，
我愿意饱尝任何苦果，
无论之前还是之后，
只为与你相逢。
何况，那盛开的必然结果，
那果实必然会被我们所分享。
我们之后，

没有如果。

2018.7.15

(二)

当很多人已经赞美过爱情,
我也曾千百次地说过相同的话,
我还能有什么新意吗?
我说的不仅是言语,还是心灵。
这不变的、永恒的、忠实的爱的信念,
不时遭遇变幻的、瞬间的、跃动的爱的现实。
我们对以往故事的重温,
仿佛一次次漫步于同样的道路,
但每一次皆有不同。
在你的路上,
我是常新的,
我是追求常新的,
我以常新的思想感情不懈地追求着你,
仿佛浪花不停追逐着江河的源头,
哪知它是源源无尽的。
我已奉献了我的全部心力,
我的道路,我的爱。
倘使它依旧没有跳脱别人或我之前的窠臼,
只要你知道它的完满,

我也就心满意足。

2018. 7. 16

(三)

我的爱是千万重，
不停地向你集结。
第一重是深深的感动，
她牵引我们在一起。
第二重是你美好的声音，
这世上最动听的音乐，
如磁力不由自主地吸引。
第三重是彼此爱悦的身体，
她忠实地传达着爱的精神：
依托于肉体和形象，却又远远高于她。
那是抛开肉体的肉体，
以及忘却形象的形象；
那是得到精神的精神，
以及精神不停的传递。
那是一切瓦解后的重新建立，
那是我们重新建立的开始。
那是不断涌现的开始，
每一次都重新开启，
开启一段崭新的旅程，
但是目标却从未转移。

周而复始的凝结，
为你和我成为我们。
多重地变奏同样的旋律，
牢不可破却生生不息的爱，
千重万重只归于这一重。

2018.7.17

(四)

因为你，
普普通通的语言也有了魔力。
每一句话都不多余。
哪怕多余，渗透着感情，
也会成为绵绵不绝的甜蜜。
我在这里辛勤地发掘着词汇和语句，
就像重新发掘你。
重新爱上你，
那是我和你生命中最为华彩的乐章。
你启动那尘封已久的心扉，
却向天空、海洋和大地敞开，
爱在其中是微薄的，
只是微薄的，
然而一切强大的，哪怕最强大的力量，
也不能使它停止。
话语早已等同于心灵。

心灵的语言只有一种,
那不能遏止的爱,
其实早已满足,却又渴望。
我在无意中创造,
却特意送给你,
也留给我们。
当我和你成为我们,
一切其他的都将变得多余。

2018.7.18

(五)

家园已不再遥远,
而时间是飞驰的列车,
正不停地把我们抛在身后。
即使远隔千山万水,
你也不曾离开过我。
拥有你便拥有世界,
然而,这是多么自私的想法,
即使以爱的名义。
我只能拥有自己深切而不能把握的爱。
就像沉寂多年的火山,
把火热的岩流深埋在地下。
爱是无知的游走。
遇到你,

就像预感到即将喷涌的壮丽的火山。
世间最壮丽美好的其实只是爱情。
我无知而孤独地游走,
只是为了遇到你。
遇到你,
并和你一起成为我们。

2018. 7. 19

(六)

那引领人类飞升的,
永远是你,
无论爱人还是母亲。
自然的滋养与哺育,
强大犹如你,
肉体会消亡,
但生命和爱会代代相传。
从你的眼眸中我看到世界,
在经历漫长的冰封雪盖之后,
世界正慢慢融化为江河和溪流。
让我们暂时地远离,
远离芸芸众生,
回到一棵树,一个叶片,
以及它身上细密的纹路;
让我们不时地停驻,

停驻在最初的地方，返回，再返回，
回到爱的源地，
回到我们最初相见的地方。
它是一个实实在在的地方，
然而现在，你在哪里，
哪里就是这样的地方。
只要是我们，那么，
每一个时刻都是最初，
每一个地方都是源地。

2018.7.19

（七）

还有千条路万条路我们没有走过，
还有无数风景等待着我们，
而我们早已厌倦了旅行。
我们看惯了路上的长亭短亭，
我们寻找着也许并不存在的家园，
想为她而长久地停驻。
然而，家园不是某个地方，
你才是我的家园。
只有我们才是真正的家园。
思念是遥远的距离和路程，
它必须被消减，
在一起才是回到家中。

我早已归于你，
在点点滴滴的时间和空间。
过往的点滴正汇聚成记忆的长河，
在阳光下波光粼粼，
一波一波地涌动向前。
那也是我们的现在和将来。
被珍贵的记忆推动，
那最珍贵的却是源源不断的爱的力量。

2018. 7. 21

(八)

当我说出所有想说的话，
而我所说的都是你愿意听的；
当你所听到的都是真的，
而它们都是或趋于美好；
当你成为我的世界，
然后我们共同构筑了一个新世界；
当所有的一切都已发生，都在成长，
包括我们。
我们已是一个整体，已不能分离，
不过我仍然单独将你列出，
就如我为自己也本能地留有一席之地。
你的日子，就是我们的开始。
生命开始孕育之前，

爱就已经开始。
穿过漫长的时空隧道，
我在时间的起点看到你，
就如看到我们初生的孩子。
爱是不可避免的。
我盯着他平静如水的面庞，
轻轻地喃喃自语。

2018.7.22

图书在版编目（CIP）数据

我们 / 叶超著. -- 武汉：长江文艺出版社，2023.4
ISBN 978-7-5702-2816-4

Ⅰ. ①我… Ⅱ. ①叶… Ⅲ. ①诗集－中国－当代 Ⅳ. ①I227

中国版本图书馆 CIP 数据核字（2022）第 123235 号

我们
WO MEN

| 责任编辑：胡 璇 | 责任校对：毛季慧 |
| 封面设计：胡冰倩 | 责任印制：邱 莉　王光兴 |

出版：长江出版传媒　长江文艺出版社
地址：武汉市雄楚大街 268 号　　邮编：430070
发行：长江文艺出版社
http://www.cjlap.com
印刷：湖北新华印务有限公司

开本：880 毫米×1230 毫米　1/32　　印张：6.375　插页：4 页
版次：2023 年 4 月第 1 版　　　　2023 年 4 月第 1 次印刷
行数：4016 行

定价：58.00 元

版权所有，盗版必究（举报电话：027—87679308　87679310）
（图书出现印装问题，本社负责调换）